Narratori

SOLFERINO I LIBRI DEL CORRIERE DELLA SERA

SUSANNA TAMARO

Il tuo sguardo
illumina il mondo

SOLFERINO

SOLFERINO
I LIBRI DEL CORRIERE DELLA SERA

www.solferinolibri.it

© 2018 Susanna Tamaro

© 2018 RCS MediaGroup S.p.A., Milano
Proprietà letteraria riservata

ISBN 978-88-282-0062-8
Prima edizione: settembre 2018

Dammi un cuore capace di ascolto.
1Re 3,9

Comincia con lo scrivere il tuo nome,
perché ne resti traccia, qualche segno di grafite
risonante nel bianco. Con poche lettere
sigla decenni di storia, il silenzio
della pagina pronto a spalancarsi,
ad accogliere e disperdere.
Spicca nel bianco e non è più bianco
ma voce la matita che attraversa il foglio,
e goccia a goccia qualcosa cede e ti si allarga dentro:
Pierluigi, e dopo Cappello, in un sussurro un nome;
e dentro un nome, l'uomo che non concede a sé
i suoi stessi lineamenti, protetti da un'ottusità misericordiosa.
Leggero, come la cenere. Fresco, come l'aria tra le dita.
Scomparso, come una nuvola.

Pierluigi Cappello
Stato di quiete

Caro Pierluigi,

fino a ieri la casa e i campi erano immersi nel gelo. Se uscivo a camminare, a ogni mio passo il suolo scricchiolava. Se entravo nel bosco, mi avvolgeva quel silenzio che solo l'inverno profondo sa donare al mondo. Ogni cosa è sospesa, ogni cosa è raccolta. È questo il tempo che amo. Il tempo in cui il pensiero si fa chiaro e il cuore viene preso da una leggerezza infantile. Non sembrano esserci ombre, né minacce di crolli improvvisi. Tutto è luminoso, e di questa luce non è possibile dubitare.

Poi ci sono giorni come oggi. Giorni in cui il cielo è opaco e rivela l'improvvisa nudità degli alberi. Che cosa resta di loro, se non un groviglio di linee? I castagni e le querce della collina di fronte non sembrano molto diversi da una fila di aste tracciate da una mano incerta. Una mano che sembra aver perso la pazienza e ha cominciato a colpire con rabbia il foglio, riempiendolo di righe sottili: tronchi, rami, fuscelli, quel che rimane di loro dopo la grande spoliazione autunnale. Le foglie cadute sono ancora ai loro piedi, tengono calde le radici e le minuscole creature che, in quell'insperato tepore, trovano riparo. A noi che vi camminiamo sopra ricordano invece con una certa spietatezza la transitorietà della vita.

Tutto cambia, tutto si trasforma.

Quando ero giovane adoravo passeggiare in mezzo alle foglie cadute, le scalciavo come fossero sabbia per poi guardarle ricadere. Ora invece il loro grande manto bruno mi mette addosso una certa tristezza.

È comunque facendomi largo tra le foglie delle querce, dei castagni, schivando le ghiande e i ricci ancora puntuti, che oggi sono approdata al mio studio.

Molti immaginano il luogo di lavoro di uno scrittore come un ambiente confortevole, dotato di una bella libreria piena di libri importanti, una scrivania coperta di cartelle e appunti, tappeti e quadri alle pareti, magari anche un divano o una poltrona su cui rilassarsi e ricevere i giornalisti.

Non è il mio caso.

Il mio studio è una casetta di legno affacciata su un bosco. L'arredo è spartano: un minuscolo scrittoio comprato da un rigattiere trent'anni fa – c'è ancora la targhetta di metallo del ministero degli Esteri – una sedia, il letto di legno di quando ero bambina, una mensola per i libri, una vecchia sveglia a molla regalatami da un caro amico che, con il suo *tic tac* arcaico, riempie il silenzio della stanza, una sedia a dondolo di legno con accanto una lampada piuttosto sgangherata e, nell'angolo, una piccola stufa il cui nome dipinto sullo sportello – Argo, il cane di Ulisse – parla di un'ininterrotta e affidabile fedeltà.

Questa mattina, quando sono entrata, la temperatura era di cinque gradi. Sono andata a prendere la legna impilata sotto la tettoia e ho caricato la stufa. All'inizio ha fatto i capricci, era umida la legna, umida la camera di combustione e ha prodotto subito un gran fumo, poi abbiamo fatto pace. Ora i gradi sono saliti a venti e il suo sommesso borbottìo accompagna i miei pensieri.

Accartocciando una pagina di giornale per preparare il fuoco, ho guardato la data e ho notato che risaliva a due anni fa. Da così tanto tempo non venivo allo studio! Di questa lunga assenza si sono accorti soprattutto i topi che hanno potuto scorrazzare indisturbati. I segni dei loro morsi sono ovunque. Sulle candele, sulle guarnizioni dei fili, sulla gomma da cancellare sbocconcellata ai lati, sul cuscino del letto, al cui interno hanno scavato una meravigliosa alcova. Difficilmente si fanno vedere quando lavoro, ma sento ugualmente i loro minuscoli occhi a capocchia di spillo brillare curiosi nella penombra.

Una mangiatoia per gli uccellini pende appena fuori dalla finestra. Il loro impaziente pigolìo quando scoprono che il cibo è finito è il solo *tweet* che mi raggiunge mentre scrivo.

L'unico altro rumore è quello del vento. Libeccio o scirocco o tramontana. Brezza leggera di primavera o breve bufera d'estate. A volte l'inclemente ululato che accompagna certe giornate d'inverno. Nei mesi corti e bui, è proprio il vento a suonare la sinfonia del bosco, a cominciare dai giovani fusti che, sbattendo con la flessibile docilità delle loro fibre, provocano un rumore secco. Degli alberi più grandi oscillano solo le sommità, i rami si scontrano frusciando, dando vita al mormorìo sommesso dell'inverno. Non si odono più i singoli suoni provenienti dalla variegata diversità del fogliame.

Tacciono gli insetti e muto è anche il grande coro dei piccoli volatili che riempie l'aria fin dallo spuntare dei primi germogli. Soltanto la quercia non ha ancora perso le foglie, la sua chioma ramata svetta solitaria. Nella sinfonia invernale, è lei la voce solista. Non si unisce ai fruscii, ai mormorii del bosco. Se il susseguirsi di tronchi spogli e neri contro un cielo opaco può richiamare un'immagine di anime dolenti, perse in un mondo lattiginoso senza confini, altrettanto la quercia è la personificazione di chi non si piega alla legge dei più, di chi non accetta il destino, ma lo sfida.

Quando ero giovane amavo molto le querce. Nella fragilità di quegli anni, la loro possenza mi dava conforto, avrei voluto affrontare le cose con la medesima salda fermezza. Invece ora, se arrivasse una fatina e mi chiedesse in quale albero vorrei essere trasformata, direi senza dubbio in un salice.

Il salice, come il crisantemo, è vittima di una reputazione che non gli rende giustizia. Mentre lo splendido fiore autunnale, sbocciando ai primi di novembre, viene sempre associato al tempo in cui si commemorano i defunti, l'esistenza del salice è segnata dal terribile aggettivo «piangente». Inutile dire che questo tipo di albero non è che una varietà della specie e che diversi salici non piangono affatto.

Ricordi? Una delle prime volte che ero venuta a

trovarti, ti avevo raccontato l'avventurosa storia di uno di questi alberi.

Tutto era iniziato nel piccolo stagno che avevo fatto scavare più di vent'anni fa proprio nel luogo dove poi, più tardi, ho costruito il mio studio.

Chi può resistere infatti al fascino dell'acqua? Dove c'è l'acqua, arriva subito la vita e non c'è nulla di più bello che contemplare le continue metamorfosi che avvengono sopra e sotto la sua superficie.

All'inizio non vi avevo messo nulla, a parte sei carassi, ingordi divoratori di larve di zanzara. Tutto quello che lo ha poi popolato è arrivato sulle proprie zampe, come i rospi e le rane, o strisciando sul ventre, come le bisce, o volando, come le magnifiche libellule che lo pattugliano riempiendo l'aria estiva di aspre battaglie.

Intorno allo specchio d'acqua avevo piantato soltanto due o tre bambù, oltre a un ginkgo che mi era stato regalato per un compleanno. Con il tempo, i bambù si sono trasformati in una foresta impenetrabile mentre il ginkgo ha assunto la sua tipica forma colonnare. Ogni autunno il suo fogliame, antichissimo e magnificente, ricorda che lo splendore dell'oro era compreso fin dall'inizio nel progetto della creazione.

Anche le piante, come gli animali, sono arrivate da sole, trasportate dalle invisibili gambe del vento. Un giorno, con mio grande stupore, ho notato che era spuntato un gruppetto di papiri su una sponda, mentre su quella opposta svettava un arbusto sconosciuto.

Non riuscirò mai a spiegarmi la provenienza dei papiri, mentre l'arbusto – che subito classificai come un salice – probabilmente veniva da un albero dei dintorni. Ne avevo visti diversi infatti vicino a una pozza di abbeveramento del bestiame, a non più di un paio di chilometri di distanza. Lì la brezza primaverile doveva averlo preso in carico e trasportato giù dalla collina, insieme ai suoi fratelli, ma lui era stato l'unico fortunato a cadere sull'argine dello stagno.

Osservando la sua inarrestabile crescita, mi sono riecheggiate in mente le parole del Salmo 1: *Egli sarà come un albero piantato lungo i corsi d'acqua.* Nel giro di un paio di anni, infatti, l'esile alberello si è trasformato in un robusto tronco.

In primavera e in estate la sua chioma leggera attirava miriadi di piccoli uccelli canori che da quella zona protetta, quasi fosse un trampolino, planavano sul grande masso posizionato al centro del laghetto per permettere loro di abbeverarsi senza pericoli. In estate offriva ombra e riparo, in autunno si liberava delle sue foglie appuntite che, sollevate dal vento, turbinavano in aria come un banco di pesciolini argentati che, al posto del mare, per nuotare avessero scelto il cielo.

Quella presenza, insomma, mi riempiva di felicità.

Una felicità che purtroppo si è interrotta quando un giorno ho scoperto che le sue radici si erano insinuate nella fragile struttura del laghetto e lo stavano devastando.

Radici e chioma devono crescere in eguale misura, l'avevo scritto anche in *Va' dove ti porta il cuore*. Come avevo potuto dimenticarlo?

Per salvare lo stagno, non rimaneva che una cosa da fare. Tagliarlo. Che tristezza! Purtroppo non c'era altra scelta. Così un giorno in mia assenza la sega si abbatté sulla sua tenera corteccia, trasformando il suo tronco e i suoi rami in tristi ceppi per la stufa.

La vita poi riprese il suo passo e non pensai più a lui. Terminò l'autunno, trascorse l'inverno, tornò la primavera. Una mattina, passando per caso davanti alla catasta di legna messa a essiccare sotto la tettoia, diedi un'occhiata agli strati di quercia e di castagno ordinatamente impilati e quello che vidi mi lasciò incredula.

Tra i legni scuri carichi di tannino ce n'erano alcuni più chiari che stavano germogliando. Li riconobbi subito, appartenevano al salice tagliato. Nell'iniziale stupore, si insinuò un certo timore.

Com'era possibile? mi chiesi.

Com'era possibile che, a tanti mesi di distanza, in

quelle fibre legnose circolasse ancora la vita? Una vita forte, quasi proterva, capace di generare dei virgulti, come se l'albero fosse ancora sospeso sulla sponda a specchiarsi nell'acqua?

E che segno era?

Dovevo ignorarlo o dovevo invece rispondere all'energia che mi chiedeva quasi con disperazione di poter continuare il suo corso così bruscamente interrotto?

Il pomeriggio stesso caricai in macchina il tronco germogliato e raggiunsi il lago di Bolsena, poco lontano da dove abito. Arrivata sulla sua sponda, scavai una piccola buca e vi infilai dentro ciò che rimaneva del salice. Non aveva radici, non aveva nulla. Il mio era solo un estremo tentativo di rispondere alla sua richiesta d'aiuto mettendomi l'anima in pace. La ragione mi diceva che non era assolutamente possibile che riprendesse a vivere.

Per fortuna, nel mondo esiste una grande parte che ragione non è. E così quell'estate l'albero si riempì di rametti, superò l'inverno e la primavera dopo sembrava che fosse nato e cresciuto in quel posto.

È da allora che alle querce ho cominciato a preferire i salici.

Legno morbido, ma radici forti.

Assetato, ma non arido.

Una chioma capace di offrire riparo con la semplicità degli umili. Una flessibilità che non oppone resistenza ma si piega, segue, asseconda perché sa che il braccio di ferro conduce solo a vicoli ciechi. O la va o la spacca. O dritti o ci si spezza.

Forse la storia delle nostre due vite, così lontane, ma anche così straordinariamente vicine, si potrebbe riassumere in questo.

Siamo querce che si sono fatte salici.

Allo scontro, abbiamo preferito l'ascolto. Al soccombere, la linfa vitale che porta sempre a rinascere.

1

Questa mattina ho raggiunto lo studio sotto una lieve nevicata. In principio il cielo era opaco e i primi deboli fiocchi cadevano indecisi tra l'essere pioggia o neve. Lo studio era più gelato del solito, la legna risentiva dell'umidità accumulata durante la notte.

Appena il fuoco è partito, però, anche la neve ha iniziato a scendere in modo più regolare. Un muro bianco tra me e il paesaggio che, in breve, ha coperto ogni cosa.

La neve ricorreva spesso anche nei nostri dialoghi, ricordi? In autunno inoltrato, quando chiamavo, ti chiedevo: «È arrivata la neve?».

«Sì, è già arrivata, la vedo brillare sui monti in fondo.»

Altre volte, invece, prima di rispondermi, ti affacciavi alla finestra.

«Non c'è, forse arriverà.»

Dalla tua casa infatti contemplavi la maestosa corona delle Alpi, mentre io dalla mia riesco a intravedere le cime degli Appennini.

La neve che attendevamo non era quella degli sciatori, quanto piuttosto quella che donava al mondo un'altra dimensione dell'esistere.

La neve impone un improvviso silenzio, ed era di questo silenzio che avevamo bisogno e nostalgia.

Nel clamore dei giorni, una repentina sosta.

Nella ressa dei pensieri, un pensiero che si quieta e diventa riposo.

Per te poi la neve era anche memoria d'infanzia. I bucaneve raccolti con la mamma lungo il torrente. Gli abiti di tuo padre che irrompevano ghiacciati nella stanza dove lo stavate aspettando di ritorno dal lavoro, i passi sul suolo ovattato. Il paesaggio intorno, inghiottito dal manto bianco.

Per me, invece, nata sulle rive del mare, la neve è sempre stata il sogno e il desiderio di qualcosa di intatto, di raccolto, di un mondo risolto nella sua semplicità. Un mondo in cui ogni cosa potesse essere chiara e necessaria, lontana dal frastuono quotidiano che rendeva inutilmente difficile, e spesso crudele, lo svolgersi dei miei giorni. Un mondo in cui i contorni del dentro e del fuori venissero definiti dal freddo e dal caldo. Dove il freddo fosse l'esterno, la realtà da affrontare, e il caldo l'interno, lo spazio protetto e affettuoso di una casa.

Sebbene siamo nati a dieci anni di distanza, entrambe le nostre infanzie sono state all'insegna delle stufe. Era alimentata a nafta quella della vostra casa di pietra di Chiusaforte, mentre quella che riscaldava la mia di Trieste era a carbone.

Altri ritmi, altri odori, un tempo che sembra ormai appartenere a un'epoca che potremmo chiamare antica.

Sarà forse per questo che resto fedele alla mia vecchia stufa Argo, sperando ogni mattina che la legna non sia troppo umida e non mi intossichi con una nube di fumo? Potrei sostituirla con una di ultima generazione, con tanto di pellet asciuttissimo, dotata anche di un telecomando che mi permetta di attivarla a distanza, magari quando sono ancora a letto.

Eppure non lo faccio.

Perché?

Forse perché creatività e comodità sono due realtà che vanno raramente a braccetto.

Me ne sono resa conto molti anni fa quando, nella casa in affitto dove abitavo prima di trasferirmi qui, proprio a causa di una forte nevicata, sono restata per ben tre giorni isolata, senza energia elettrica né telefono.

Dopo le prime ore di smarrimento e di vana attesa che la luce tornasse, mi sono adeguata a quella nuova dimensione. Ho continuato a scrivere a mano su un quaderno, rischiarata dalla luce incerta delle candele.

E lavorando, mi è venuto in mente che il novanta per cento dei libri che ancora oggi leggiamo – quelli che chiamiamo classici – sono stati composti nelle stesse identiche condizioni. Come ho avuto anche la consapevolezza che avrei potuto continuare a scrivere così per sempre.

Quell'oscurità infatti si popolava di personaggi, di pensieri e di riflessioni che non si erano mai affacciati davanti all'algida luce dello schermo.

La parola si nutre dell'ombra.

Ed è proprio questo a permetterle di sfolgorare a volte con sorprendente luminosità.

Senza contrasto, le parole tendono a scorrere come merce diligentemente allineata su un nastro trasportatore. Merce controllata, misurata, approvata secondo le misure standard.

Al posto della folgore di *M'illumino d'immenso*, il semplice calcolo di una prosa che deve rendere.

La parola seriale è rendita, la parola che non svela, che non inquieta ma che avvolge ogni cosa nel rassicurante involucro della medietà.

La febbre tecnologica ci è passata accanto come un fiume nel quale non avevamo alcun interesse a tuffarci. Ha lambito le nostre vite, senza spostarle dalla loro antica posatezza.

Abbiamo entrambi sempre scritto a mano su quadernetti simili.

Tu a matita, io a penna.

Tu con una scrittura ordinata e regolare, io con una più nervosa e mossa, come se nei miei pensieri soffiasse sempre la bora della mia infanzia.

Quando infine ti sei trasferito nella tua casa di Cassacco, completamente domotizzata, ti ho chiamato per sapere come avevi passato i primi giorni in quello spazio che prometteva nuovi e meravigliosi comfort.

«Sono due giorni che muoio di freddo» mi hai risposto desolato. «Non riesco a far funzionare nulla.»

Chi poteva comprenderti meglio di me? Personalmente, faccio fatica persino ad accendere la televisione, ora che i telecomandi sono due.

Caparbietà?

Testardaggine?

Decadimento dei neuroni?

Non lo so, so solo che questo mondo telematico e informatizzato non riesce a entrare nella mia testa, così come non riusciva a entrare nella tua.

«Attento che è come una bacchetta magica, come il genio di Aladino» ti ho detto, quando ti ho regalato il tablet. «Basta sfiorarlo perché esegua ogni tuo desiderio.»

Tu ne sei rimasto incantato, come ne sono incantata io. Finalmente potevi consultare tutti i siti di aeroplani e di soldatini, così come io non mi stanco di visitare siti che offrono cani abbandonati, canarini e biciclette.

Un giorno, quando sono venuta a trovarti, ti ho fatto scoprire anche le gioie della versione digitale del mahjong, l'antico gioco cinese che mi tiene compagnia da anni.

Ma l'uso di questa straordinaria tecnologia si è limitato, per noi, al coltivare le nostre passioni infantili, passioni di un altro millennio, di un'altra era. Passioni che, nella loro innocua semplicità, fanno sorridere i più. Costruire aeromodelli, sognare biciclette, fare un solitario in un pomeriggio particolarmente vuoto.

Quando poi però, dalle misteriose centrali del mondo telematico, arrivavano sul nostro schermo minacciosi messaggi lampeggianti – *fare il back-up, memoria in esaurimento, installare un nuovo aggiornamento* –

la nostra rilassata gioia si trasformava in terrore. C'era un linguaggio lì dentro che non eravamo in grado di comprendere, e ancor meno di gestire.

Negli anni Novanta, quando nei momenti più imprevisti il mio primo computer faceva apparire una bomba con la miccia che si consumava – *errore errore errore!* – io lasciavo in fretta la stanza come se dietro di me stesse divampando un incendio.

Quando un mondo è già grande dentro, non ce ne sta un altro. E il nostro mondo era questo. Il fuoco e la pietra, l'acqua e la neve. La diversa ombra e il diverso rumore delle fronde. Le piccole creature che zampettano nei cespugli e sugli steli, e quelle più grandi e complesse che camminano sul prato. Non aver paura dell'infanzia, non aver timore di ciò che ai suoi occhi si svela.

Ora ha quasi smesso di nevicare, vedo uno scoiattolo scendere svelto giù dal tronco del vecchio castagno. Con le sue zampette scosta la neve, muovendo le foglie alla ricerca di qualche riccio di castagna. Se fosse vera la legge della metempsicosi, vorrei poter trasmigrare proprio nel corpo di questo piccolo roditore e vivere sempre così, sospesa tra la terra e il cielo.

Se fossi stata uno scoiattolo, per il tempo duro della tua assenza, avrei previdentemente nascosto da qualche parte una nocciola, una ghianda, qualcosa che mi avrebbe ancora dato forza.

Invece sono un essere umano e non ho nascosto niente. A un tratto c'è stata la nudità, la solitudine. E in quella nudità, in quella solitudine, continuo a vivere.

Quando apro il cellulare mi appaiono subito i numeri preferiti. Uno di questi è il tuo. Se ancora potessi chiamarti, se la tua voce così cara e amata ancora potesse dire: «Pronto?» sarebbe lei la mia ghianda.

Una conoscente francese mi ha raccontato che, a causa di uno sciopero, non era stata presente alla morte del marito in ospedale. Una volta tornata a casa, il telefono aveva iniziato a squillare con inusuale insistenza. Dato che non accennava a smettere, di malavoglia era andata a rispondere, ma la ritrosia si era trasformata in panico quando dall'altro lato aveva sentito una voce dire: «*C'est moi...*».

Quante cose sappiamo davvero della nostra vita?

E quante ne teniamo lontane, per timore di ciò che ci potrebbero rivelare?

La ragione ha innalzato alte mura intorno a noi, e forse soltanto quando restiamo soli ci rendiamo conto che il perimetro della fortezza è in realtà quello di una prigione.

Dato il maltempo che imperversa sull'Italia, penso che anche a Chiusaforte oggi abbia nevicato. Immagino il candore che avvolge il paesaggio e il rumore delle auto, dei camion e del treno che si fa più lontano.

Chiusaforte è tutti i ritorni che mi allontanano
mentre nevica il tempo sulla neve che sei
> *stato*

sui passi poi contati e poi coperti dal bianco
e c'è un piangere nascosto nel celeste
nelle pigne ai piedi degli abeti
nel silenzio che sgretola gli animi e qualche
> *volta*

ci spinge in alto, in alto
dove ci sono parole che erano sassi
dette di punto in bianco, nel freddo
lasciate alla confidenza delle nuvole.

2

Se dovessi immaginare un'altra vita, un'altra dimensione in cui esercitare lo sguardo, tu che cosa avresti scelto?

«Facciamo finta che...» era un gioco frequente nelle nostre infanzie. C'era chi voleva essere Napoleone, chi Toro Seduto e chi semplicemente una tigre, un leone, un elefante.

Non ho alcun dubbio che tu, se avessi potuto scegliere una vita zoologica, avresti optato per una creatura in grado di volare.

Nella tua infanzia avrai avvistato le aquile, le poiane, ma stento a figurarti con un volto rapace, costretto a sorvolare l'orizzonte limitato di una valle.

Se non fosse poeticamente troppo scontato – e se

soprattutto avessi la certezza che perderti nell'infinita e monotona distesa del mare fosse per te una cosa desiderata – direi l'albatro.

In realtà, però, penso che il volo a te più affine sarebbe quello della cicogna, animale maestoso e mite, capace di attraversare deserti, mari e continenti per poi raggiungere i comignoli, i tralicci e da lassù ricordare a tutti di essere quella misteriosa creatura a cui per migliaia di anni è stato attribuito il privilegio di donare la vita.

Volare in silenzio, sospeso nell'aria, come gli alianti che amavi pilotare.

Volare contemplando tutto ciò che sta sotto, con l'appassionata distanza della luna leopardiana, mai paga di riandare i sempiterni calli.

Quante volte abbiamo parlato del mistero della migrazione! Ti avevo raccontato delle rondini che da vent'anni nidificano a casa mia, del loro ripetuto viaggio dal Mali all'Umbria, e dall'Umbria al Mali. Ascoltandomi, avevi condiviso lo stupore per la fedeltà di questo inspiegabile ritorno.

Una cicogna è una cicogna, ti dicevo, ma il corpo di una rondine non è altro che pochi grammi di ossa cave e penne. Eppure in quei minuscoli esseri è racchiusa una volontà titanica, capace di far loro superare dune e onde, coste e monti e valli, sfuggire alle reti dei cacciatori e ai loro spari, agli artigli e ai becchi dei predatori. Tutto questo soltanto per tornare al nido in cui un giorno sono venute al mondo.

Un nido da cui partire.

Un nido a cui tornare.

Quanto conta questo nelle nostre vite?

Sono nato al di qua di questi fogli
lungo un fiume, porto nelle narici
il cuore di resina degli abeti, negli occhi il silenzio
di quando nevica, la memoria lunga
di chi ha poco da raccontare.
Il nord e l'est, le pietre rotte dall'inverno
l'ombra delle nuvole sul fondo della valle
sono i miei punti cardinali;
non conosco la prospettiva senza dimensione del
   mare
e non era l'Italia del settanta Chiusaforte
ma una bolla, minuti raddensati in secoli
nei gesti di uno stare fermi nel mondo
cose che avevano confini piccoli, gli orti poveri,
   le cataste
di ceppi che erano state un'eco di tempo in tempo
   rincorsa
di falda in falda, dentro il buio.

Questo era il tuo nido.

Che parole dovrei usare per descrivere il mio? Parole di segno completamente opposto, temo. Più che la resina degli abeti, dovrei ricordare gli sbuffi della Ferriera che per generazioni ha avvelenato a Servola la mia famiglia, la «*prospettiva senza dimensione del mare*» che si apriva davanti al balcone dell'appartamento in cui sono nata, il palazzo tirato su in fretta e furia, alla fine degli anni Quaranta del secolo scorso, su una voragine creata dalle bombe, per dare spazio alle giovani coppie e per poterle illudere che quei buchi fumanti non fossero mai esistiti.

Niente poveri orti o cataste di ciocchi, ma i segni di un nuovo benessere che si stava affacciando, accompagnati dalla sirena dei cantieri navali che mi ricordava l'urlo straziante di un animale ferito.

Ma anche l'odore di carbone delle stufe e lo sferragliare delle gru che caricavano e scaricavano le navi giù al porto.

E i miei genitori, due esseri che si aggiravano smarriti per le stanze, troppo giovani, troppo soli, troppo traumatizzati per essere in grado di costruire davvero qualcosa di duraturo. I figli si facevano perché andavano fatti, perché, dopo tanta morte, erano il segno naturale che le cose stavano riprendendo il giusto corso. Che senso avesse questo atto così fondante in tutto il corso delle loro vite temo non l'abbiano mai capito.

Che grande mistero si cela nella nascita! Come nessuno chiede di venire al mondo, così nessuno sceglie il modo in cui questo avverrà.

Eppure tutta la nostra vita dipende da ciò che abbiamo in mano quando nasciamo, da quello che la Storia ha caricato sulle nostre spalle.

E la Storia, nel secolo in cui siamo nati, è stata un carro dalle ruote chiodate, un carro che è passato sulle vite segando, troncando, ferendo, lasciando dietro di sé tracce impossibili da dimenticare.

La terra in cui siamo venuti al mondo, la terra dei nostri genitori, ha avuto il sinistro privilegio di essere intrisa di sangue come poche altre nel corso delle due guerre. Rossi i campi, rossa l'erba e rossa anche l'acqua dei fiumi.

Acqua che non era più vita ma tomba per molti, disfacimento impietoso di giovani corpi. E rosso probabilmente era anche il cielo quando al suo orizzonte, annunciati da un rombo cupo, in ordinato stormo comparivano i bombardieri.

In qualche modo mi sembra di essere nata con quel rumore dentro le orecchie, con i potenti motori in avvicinamento, il loro sibilo e poi lo schianto.

Nessuna delle camminate della mia infanzia è stata mai davvero degna della spensieratezza dell'età. Temevo ogni volta che accadesse qualcosa e questo qualcosa era sempre in relazione a uno spargimento di sangue.

Ogni volta che passo sul Carso, ogni volta che vedo il cupo edificio della Risiera, che cammino sulla nostra martoriata terra, mi sembra che la Storia sia stata archiviata un po' troppo in fretta. L'arrivo del boom economico è stato come un miracolo imprevisto, il suo potere però era limitato alla superficie. Ha coperto le macerie di prodotti sfavillanti, ma tutto quello che c'era sotto è rimasto intatto. Terrore, sradicamento, ansia, senso di precarietà depositati per sempre nella memoria genetica delle generazioni seguenti.

Ciò che potrebbe sembrare una licenza poetica ha ormai ottenuto la conferma della scienza. È l'epigenetica a confermarci che i traumi violenti subiti dai genitori, dai nonni e da tutti gli antenati si trasmettono per via chimica al Dna dei figli.

Ma questa scoperta fatta nei più avanzati e asettici laboratori non era già forse già contenuta nell'antica saggezza della Bibbia?

Le colpe dei padri ricadono sui figli.

Il relegare il concetto di colpa a una qualche trasgressione e alla relativa pena ci pone in una condizione di imbarazzante cecità.

La prima e più devastante colpa di un padre è proprio quella di non essere più padre. E in questo non esserlo c'è una varietà di modi vasta quanto il numero degli esseri umani.

Non trasmettere ciò che è stato tramandato prima di noi per secoli, interrompere la catena di fiducia tra le generazioni, sapendo che questa è la colonna che sostiene – o dovrebbe sostenere – ogni essere che viene al mondo.

Quando un padre non è più padre, viene infranta la legge della discendenza. Ci sono responsabilità individuali, oltre a quella più grande della Storia.

Quando viene interrotto il corso di ciò che è sempre stato, è necessario molto tempo perché il fiume tracimato della realtà ritorni nel suo alveo, riprendendo a scorrere dalle sorgenti alla foce e non viceversa. Perché questo è il verso che le leggi di natura hanno imposto al mondo.

La villa in cui era cresciuta mia madre, che conteneva la memoria dei suoi avi, è crollata sotto le bombe poco prima dell'Armistizio. Il racconto delle lunghe ore trascorse nel rifugio antiaereo, del freddo, della paura, dell'estenuante attesa, così come quello della morte del suo amatissimo cane, ritrovato carbonizzato accanto a delle uova intatte anche se sode tra le macerie fumanti, è stata la triste fiaba della mia infanzia.

La voragine di quella bomba è la voragine stessa attorno a cui mia madre ha costruito la sua vita. Il mondo che conosceva era stato spazzato via in pochi secondi, tutto il resto dei suoi giorni non è stato altro che un girovagare alla ricerca di una realtà capace di sostituirlo.

Ed è in questo girovagare che ha incontrato mio padre. Figlio poco amato di una famiglia già in sé fredda, a sedici anni era stato preso dai tedeschi e portato in un campo di lavoro. Lì aveva cominciato a bere e non ha più smesso. «Il mio amore è la bottiglia» aveva confessato un giorno euforico a un suo compagno «non ne avrò mai altri.» A questa promessa ha tenuto fede tutta la vita.

Mia madre era troppo giovane, troppo inesperta, troppo desiderosa di rifondare una famiglia per accorgersi che, dietro il volto di quel ragazzo così affettuoso e affascinante, si nascondeva una personalità già in totale disfacimento.

La presenza di mio padre a casa era segnata da un'assoluta intermittenza. C'era, non c'era e, anche quando era presente, era come se non ci fosse. Silenzio, occhiali scuri, distrazione. Ogni tanto uno scoppio d'ira violenta.

Per lui non eravamo altro che un fastidioso ingombro. La nostra vicinanza lo irritava. Noi lo spiavamo con occhi adoranti e lui ci considerava dei mosconi.

Eppure nemmeno per un istante abbiamo smesso di desiderare una sua parola, uno sguardo, un qualsiasi segno che confermasse il senso del nostro essere al mondo.

Nostra madre cercava di mantenere vivo, almeno in parte, il fuoco dell'ammirazione, quel fuoco che arde nel cuore di ogni bambino. Quando, facendo i compiti, la interrogavo sul suo mestiere, mi diceva che era un procuratore, un lavoro bello e importante. Allora io lo immaginavo dietro una grande scrivania, intento a battere alacremente a macchina.

In realtà era un procuratore soltanto di guai. Organizzava truffe, ma era maldestro e dunque a sua volta veniva truffato. Un giorno, tornando da scuola, abbiamo trovato mia madre seduta sui gradini e la porta di casa chiusa dai sigilli. Pignorata. Anche lei stava cominciando a cedere. Una volta rientrati in casa, rattrappiti nei nostri lettini, l'avevamo sentita gridare nella notte: «Non te ne importa niente dei tuoi figli! Niente!».

Tanto mia madre era cresciuta nel culto del lavoro e dell'industriosità, altrettanto mio padre considerava l'impiego, qualsiasi esso fosse, una gogna a cui era imprescindibile sottrarsi. L'unica arte in cui ha davvero eccelso è stata quella di vivere alle spalle degli altri.

Mio padre, nostro padre, era una persona amorale e inaffidabile, totalmente disinteressata alla sorte degli esseri che aveva contribuito a mettere al mondo.

Eppure io l'ho amato lo stesso.

Mi sono presa cura di lui nella mia età adulta e nella sua breve vecchiaia, perché è questa, alla fine, la dannazione scritta nel cuore di ogni figlio. Non abbandonare mai la speranza, non perdere mai la pazienza, continuare a desiderare di veder ricambiato l'amore di chi ti ha messo al mondo.

Perché racconto queste cose?

Perché quando penso alla tua nascita e alla mia, non posso non notare quanto siano sideralmente opposte. Quasi che a separarci, anziché dieci anni e cento chilometri, ci fosse un intero secolo.

Tuo padre era ancora un padre, e tua madre ancora una madre. Il mondo intorno a loro trovava la sua ragione di essere nella sua stessa arcaica semplicità, nelle difficoltà e nelle fatiche di ogni giorno. Le cose erano quello che dovevano essere e non altro.

Vivere voleva dire armonizzarsi al loro corso, seguire una legge e tramandarla.

Mentre tuo padre scaricava i vagoni ad Arnoldstein, nella neve, nel gelo, nel caldo arroventato dell'estate per mandare i soldi a casa, mio padre, sdraiato nel letto di qualche facoltosa amante, mandava a memoria intere pagine de *L'uomo senza qualità* di Musil.

Dove i padri sono padri e le madri madri, i figli hanno il privilegio, almeno da bambini, di essere semplicemente figli.

Così penso che la tua infanzia sia appartenuta a un mondo ancora quasi ottocentesco mentre la mia, grazie allo spirito tristemente profetico dei miei genitori, è stata un'infanzia catapultata nella freddezza scomposta della post-modernità.

Nel punto finale però ancora una volta le nostre strade si sono incontrate perché entrambi, per ragioni diverse, ci siamo trovati a compiere il più innaturale dei gesti, quello di essere genitori dei nostri genitori. Non nel tempo del loro declino, bensì in quello della loro piena maturità umana. Io per compassione della loro distruttiva sventatezza, tu per proteggerli dal dolore insostenibile di un figlio amatissimo e di grandi speranze ridotto alla prigionia di una sedia a rotelle.

3

Nei pomeriggi piovosi della mia infanzia uno dei giochi preferiti di noi bambini era sfidarci a battaglia navale.
    Un foglio quadrettato a testa.
    Sull'ordinata, i numeri. Sull'ascissa, le lettere.
    Erano le coordinate su cui posizionavamo in segreto le nostre corazzate, le portaerei, le fregate e le motovedette.
    La battaglia consisteva nel proclamare a voce alta un numero e una lettera, nel tentativo di intercettare un'imbarcazione della flotta avversaria.
    B12, F4, H8.
    Colpito!
    Affondato!

La prima e più visibile realtà degli incontri è sicuramente una legge matematica, il punto in cui l'ascissa e l'ordinata del piano cartesiano si incrociano.

Ma poi – o meglio, prima che l'evento si compia – in una zona molto più misteriosa dentro di noi, avvengono spostamenti quasi impercettibili che determinano a nostra insaputa ciò che avverrà.

In principio le nostre vite si sono mosse su un'unica coordinata. Frequentavamo gli stessi luoghi, seppure a dieci anni di distanza. A battaglia navale saremmo stati soltanto una lettera. Poi, dopo un tempo apparentemente lungo, alla lettera si è aggiunto il numero.

Colpito!

E ci siamo incontrati.

La prima volta che mi sei apparso è stato su una rivista che stavo sfogliando in una sala di attesa di qualche medico o dentista. Eri davanti la tua casa di Tricesimo e sorridevi con un aeroplanino in mano. Avevi appena vinto un premio letterario importante.

In realtà, non ti veniva dato molto spazio in quell'articolo – la poesia ha un *appeal* piuttosto limitato per la stampa – ma quello che mi colpì fu l'espressione luminosa del tuo volto.

Vederti e sentirmi meno sola fu tutt'uno.

Pochi giorni dopo comprai il tuo libro *Mandate a*

dire all'imperatore e per molti mesi i tuoi versi hanno accompagnato le prime ore delle mie giornate.

Ogni mattina, infatti, prima di farmi avvolgere dal turbinio delle non-parole, amo immergermi in parole luminose.

E più ti leggevo, più desideravo conoscerti.

Avrei potuto scriverti o procurarmi la tua mail, ma la timidezza mi tratteneva, oltre al timore che tu potessi appartenere all'estesa schiera dei miei detrattori letterari. Sarebbe stato terribile se ti avessi scritto e tu non mi avessi risposto. O se lo avessi fatto con poche, formali parole.

Quando poi il nostro incontro reale è avvenuto – un paio di anni più tardi – ho avuto la precisa sensazione che un tassello mancante fosse venuto a colmare una parte ancora scoperta della mia anima.

Il segno distintivo del nostro rapporto è stato, fin da subito, quello della non ufficialità. Non ci siamo confrontati infatti sulla nostra attività letteraria né sui premi vinti, ma abbiamo subito parlato delle scuole frequentate nella nostra giovinezza.

Tu eri stato un ragazzo del Malignani, mentre io una ragazza del Percoto.

L'istituto industriale per te, quello magistrale per me. Due complessi scolastici di Udine non troppo lontani uno dall'altro, uno prevalentemente maschile e l'altro femminile, e dunque fonte di reciproca attrazione.

L'aulicità del liceo classico era lontana dai programmi delle nostre scuole. Dovevamo imparare un mestiere, e tutto l'insegnamento era volto in quella direzione. L'arcaico snobismo nazionale ha sempre sottilmente negato patenti letterarie a chi si è formato lontano dall'aoristo e dalle impervie traduzioni delle lingue antiche.

In fondo è ancora idea diffusa che la carriera letteraria non sia molto diversa da una qualsiasi altra carriera accademica nella quale l'avanzamento debba procedere per tappe, scalando un gradino dopo l'altro, assimilando il sapere degli altri, per poi riuscire un giorno a portare il proprio personale contributo.

Ma è davvero questa la letteratura?

Le nostre due storie, umane e letterarie, si sono svolte in direzione opposta. Pur essendo tu nato in una valle isolata e cresciuto in un mondo il cui unico libro presente in casa era il Vangelo, fin da subito hai avuto la percezione che le parole ti appartenessero e che il corpo a corpo con loro sarebbe stato il fulcro della tua futura vita. Del resto lo stesso Leopardi annota nello *Zibaldone* che già da adolescente era perfettamente consapevole di essere un grande poeta.

L'impressione è che tu abbia sentito questo piccolo fuoco arderti dentro, e che sentirlo e renderti conto che poteva estinguersi sia stato tutt'uno. Poteva spegnersi o poteva divampare. Il tuo compito era tenerlo vivo, ma sotto controllo. Proteggerlo – e proteggerti – perché avevi capito che la poesia produce fragilità, e che chi è forte, e non conosce altro orizzonte della sua forza, su questa fragilità ama accanirsi.

Così, nel difficilissimo anno del collegio di via Treppo, per sopravvivere, hai dovuto nascondere fin da subito il tuo desiderio di restare appartato e di leggere, cosa che a nessun ragazzo di quell'epoca sarebbe venuto in mente di fare.

C'era stato già l'infelice esordio del primo giorno di scuola. Ti eri infatti presentato in classe come un minuscolo e diligente ragioniere con un completo grigio e la camicia bianca, la sfumatura alta dei capelli, mentre i tuoi compagni indossavano già felpe e scarpe da ginnastica. L'affettuosa premura di tua madre – il figlio che andava in città a studiare! – aveva rischiato di creare una catastrofe.

Avevi dovuto così imparare fin da subito a mimetizzarti, fingendo che ti piacessero le cose che amavano gli altri. Al secondo anno, però, con l'ingresso nella squadra di atletica ti eri messo in salvo, ponendoti tra gli intoccabili. Eri un bel ragazzo dal carattere solare, oltre a essere un ottimo centometrista. Correvi come gli altri, vivevi come gli altri.

Nessuno poteva immaginare che, a ogni passo, risuonassero dentro di te le prime parole di *Moby Dick*: «Chiamatemi Ismaele».

Dieci anni prima, anch'io avevo battuto le stesse piste di atletica. Percorrevo ossessivamente il tartan rossastro con le modeste scarpe di tela in uso all'epoca. D'inverno l'aria gelata perforava i bronchi mentre, sullo sfondo, sfavillavano le cime coperte di neve del Mangart, del Montasio, del Canin.

Correvo da sola, senza amici, senza parlare con nessuno. Correvo e lanciavo il giavellotto, perché quella era la mia specialità. Correvo e lanciavo. Lanciavo e correvo dietro quell'asta scagliata instancabilmente contro il cielo.

Non era altro che l'estremo e disperato tentativo di combattere con i fantasmi che da sempre mi portavo dentro.

4

Oltre a essere noi agli antipodi per ragioni geografiche e generazionali – tu nato in montagna da genitori che erano ancora tali, io al mare da due persone che già sguazzavano libere nel disimpegno della modernità – eravamo agli antipodi anche del ciclo zodiacale.

Tu nato nel cuore dell'estate, io alla fine dell'autunno, in uno dei giorni più corti dell'anno.

Caldissimo e freddissimo.

Molta luce e molta ombra.

Due mondi in qualche modo capovolti.

Era forse da quell'assenza di luce che nascevano i miei fantasmi o erano già tutti nella mia mente ancora prima che venissi al mondo?

Mia madre raccontava che ho cominciato a parlare con una precocità quasi allarmante ma che, con altrettanta velocità, ho smesso.

L'ingresso all'asilo è stato subito traumatico, all'insegna della diversità. Non provavo alcuna gioia nel contatto con i miei compagni né amavo le attività di gruppo. Se tutti ridevano, io li guardavo preoccupata, cercando di capire perché ridessero.

Ero silenziosa, molto silenziosa, troppo silenziosa. Sono dunque diventata ben presto la preda preferita delle compagne più ardite, di quelle che ridevano subito, che capivano subito e che, imparando in fretta, esercitavano il loro potere attraverso l'arte crudele della derisione. Nei loro giochi, tra tutti i Regni possibili come eventuale principessa, a me veniva sempre attribuito quello delle «Scovazze», cioè della spazzatura. Non ne soffrivo particolarmente perché c'era un ordine di cose nella mia testa che coincideva in pochissimi punti con l'ordine che regnava nel mondo.

Alla fine dell'asilo la direttrice ha convocato mia madre per rivelarle i suoi timori. «In sua figlia» le ha detto «c'è qualcosa che non va. Qualcosa di grosso. Ritengo molto probabile che finisca i suoi giorni in un ospedale psichiatrico.»

Questo sinistro vaticinio ha aleggiato sulla mia testa per tutta l'infanzia, l'adolescenza e la giovinezza.

Un vaticinio che echeggiava già da tempo nel cuore di mia madre.

«Fin da quando sei nata» mi ha confessato un giorno «mi sono accorta che piangevi in modo diverso da tutti gli altri bambini. Non ho mai saputo che cosa fare con te. All'inizio ho provato a metterti in riga con la forza. Con tuo fratello funzionava, con te non ha fatto altro che peggiorare la situazione. Le cose che piacevano agli altri bambini ti lasciavano indifferente, quelle che loro neppure notavano invece ti terrorizzavano.»

Mia nonna, che aveva più tempo e pazienza di lei, passava interi pomeriggi a cercare di farmi parlare, con il risultato di estorcermi soltanto un paio di parole.

«Eri come una fortezza» mi ha confidato negli ultimi anni della sua vita. «Dopo ore di gentile assedio, al massimo si apriva lo spazio minuscolo di una feritoia.»

All'epoca, i bambini rientravano in sole due categorie comportamentali. Quelli ubbidienti e quelli disubbidienti. E il compito principale dell'educazione era proprio trasformare i disubbidienti in ubbidienti. Mio fratello Stefano, ad esempio, data la sua esuberante energia in grado di creare continui disastri, rientrava chiaramente tra i disubbidienti.

La cura per i bambini troppo vivaci era antica e solida come la Bibbia: la sferza che si abbatteva repentina su chiunque osasse mettere anche un solo piede fuori dal seminato.

Ma io, in che categoria rientravo? Ero ubbidiente a tal punto che ci si poteva anche non accorgere della mia presenza in una stanza. Le mie principali qualità erano l'immobilità e il mutismo.

Chi non avrebbe desiderato una bambina così?

A differenza dei miei coetanei, non chiedevo alcun tipo di attenzione. Non avevo desideri. Non mi perdevo in capricci infantili. Eseguivo gli ordini con precisione e puntualità prussiane. Camminavo sempre con lo sguardo basso. Avevo il terrore di guardare le persone negli occhi, come avevo anche il terrore dei tappi: di quello della vasca da bagno e di quello ben più spaventoso delle piscine.

Avevo il terrore di fare le cose che entusiasmavano gli altri. Un nuovo gioco, una gita, andare a una festa. Ma ben presto avevo imparato a gestire questi terrori senza lasciarli trapelare all'esterno.

Ero come una pentola a pressione. All'epoca si chiamava atomica. Stavo ferma, ma ero solo apparentemente immobile perché, in realtà, il vapore si accumulava dentro di me e quel vapore, crescendo di volume, acquistava forza, sempre più forza.

Quando la forza era troppa, la valvola saltava e al-

lora, in una frazione di secondo, dalla bambina più buona del mondo mi trasformavo in quella più ingestibile del mondo. Quelle crisi di rabbia cieca e furiosa mi lasciavano spossata per giorni. Non sapendo cosa fare mia madre mi scuoteva con violenza gridando: «Si può sapere che cos'hai? Calmati! Calmati!».
Le crisi si scatenavano senza alcuna causa apparente. Troppo rumore, troppa solitudine, troppa incomprensione. Esplodere era l'unica via possibile per riportare in me una qualche forma di ordine interiore.
Il beato sonno dell'infanzia non mi è mai appartenuto. Ricordo ancora il volto pieno di apprensione di mia madre che si affacciava sul mio letto. Sperava che dormissi, invece mi trovava sempre con gli occhi spalancati a fissare il soffitto.
Quando ero ancora alle elementari ho iniziato a prendere regolarmente il bromuro. C'era qualcosa di assurdo in questo. La bambina più buona del mondo aveva bisogno di essere sedata.

Ora che il tempo della scuola è molto lontano posso dire che non c'è stata un'ora, un minuto, un secondo trascorso in quelle aule che non sia stato un vero calvario. Tutto ciò che accadeva intorno a me era un grande e minaccioso enigma. Per questo non mi muovevo, per questo non fiatavo.

Ero un serpente che si fingeva morto.

Se fossi stata libera di esprimere la mia vera natura, mi sarei tolta le scarpe, sarei saltata sui banchi e mi sarei abbandonata a un ballo scomposto, lanciando libri e quaderni fuori dalla finestra e intonando a squarciagola assurde canzoni zeppe di parole inesistenti che da sempre rimbalzavano nella mia testa.

Spirolo, sbunco, cirullo!

Quante volte, nel segreto del mio cuore, ho sognato di farlo! È stato solo il terrore delle conseguenze a impedirmi quella danza liberatoria. Dovevo solo tacere e andare avanti, come i fanti. A quel tempo, nessun'altra strada si apriva davanti a me.

Ripensando all'infanzia mia e di mio fratello Stefano e a quella tua e di tuo fratello Stefano – anche questo ci accomuna, due fratelli omonimi – mi vengono in mente le immagini di una serra e di un prato.

Tanto noi siamo cresciuti nella serra, altrettanto voi siete cresciuti nel prato. Dove serra e prato non sono tanto evocazioni di una realtà cittadina e di una di campagna, quanto di un mondo nel quale da sempre esiste un ordine naturale, e un altro, dove invece questo ordine è stato sovvertito.

L'ordine naturale è tutto ciò che viene dal cielo. La pioggia, il sole, il vento e il loro ciclico alternarsi.

L'ordine sovvertito è il velo opaco della plastica che separa la terra dal cielo.

Ordine naturale è l'essere compresi nel ritmo stabile della generazione. L'ordine innaturale ci trova lanciati nel mezzo delle cose, senza capirne la ragione.

Lo sguardo di un genitore che è davvero tale è come il sole, ti permette di crescere senza venir sfiorato dal dubbio sulle ragioni del tuo esistere.

Lo sguardo assente di chi ti ha messo inconsapevolmente al mondo trasmette invece la stessa debolezza dei fiori coltivati. L'unica cosa che viene loro richiesta è di essere belli, non altro. Ma è una bellezza di facciata. Basta che uno dei parametri si alteri, perché si accascino miserevolmente.

Sono certa invece che la tua infanzia sia trascorsa senza ombre, immersa nella naturale socialità di un paese. Nei giochi di bande, sarai stato di sicuro un bambino che non tradiva e non faceva la spia, un piccolo capo dalle antenne ultrasensibili.

Se avessimo avuto la stessa età e ci fossimo incontrati sulle rive del Fella, sono sicura che non mi avresti puntato un'immaginaria pistola alla testa come faceva sempre mio fratello, gettandomi nel fango con uno sgambetto, ma ti saresti seduto accanto a me e avremmo cominciato a parlare, all'ombra di un salice.

Di cosa avremmo parlato?

Di tutte le cose di cui non potevamo parlare con gli altri. Del sottile, dell'invisibile, di quell'orizzonte diverso che avremmo già potuto intravedere l'uno negli occhi dell'altra. L'orizzonte del mistero che stava davanti a noi e ci poneva, già allora, incessanti domande.

5

Sei stato un bambino precoce.

Leggere ti risultava più facile che agli altri. Eri curioso, gentile e, quando scrivevi, incantavi già con le tue parole. Non era possibile starti vicino e non accorgersi che in te c'era qualcosa di diverso.

Per me valeva lo stesso, ma nel segno completamente opposto.

Eppure entrambi, a una certa età, che più o meno coincide, abbiamo incontrato dei libri che ci hanno trascinati al di là delle nostre vite.

Per te è stato *Aeroplani di tutto il mondo*, ricevuto come premio per aver vinto il concorso indetto da una banca.

Per me l'*Enciclopedia delle scienze naturali*, compratami al banchetto di una fiera in cui ero andata con mia madre e mia nonna.

Anche a casa tua, quando eri ancora alle elementari – come racconti in *Questa libertà* – era arrivata un'enciclopedia. La descrizione della tua smaniosa attesa dell'assenso di tuo padre che avrebbe dovuto rendere concrete le magnifiche descrizioni del venditore – si trattava di un grande impegno economico per la tua famiglia – corrisponde alla stessa mia smania davanti alle mirabolanti parole del libraio della fiera. Vedere quei volumi e desiderarli con un ardore per me inusuale era stato immediato. Anch'io, come te, ripetevo dentro di me: «Dite di sì, dite di sì!».

E sì, per fortuna, fu.

L'enciclopedia, nonostante il nome pomposo, era in realtà di dimensioni piuttosto modeste. Sedici volumi magrolini raccolti in un unico cofanetto. Ma ciò che promettevano era pari, per importanza, al tuo manuale di aeronautica.

Come le meravigliose carlinghe luccicanti degli aerei di tutto il mondo ti hanno improvvisamente trasportato in un orizzonte al di là della valle in cui eri nato – un orizzonte interiore di cui eri assetato – così quei volumi sulle scienze naturali mi hanno condotto in un mondo di stabilità e di relazioni nel quale mi sentivo sicura. Ogni cosa era quella, e non poteva essere altro che quella. La malachite era soltanto la malachite, così pure l'ornitorinco, gli abeti e i baobab non erano altro che loro stessi. La luna era la luna. I suoi movimenti stabiliti da leggi incrollabili erano sempre quelli, e la stessa cosa poteva dirsi per le stelle, anche se a dire il vero ogni tanto qualcuna moriva. Ma era una morte così distante da non provocare alcun turbamento.

Quei libri sono stati per me come un caleidoscopio, una lampada magica, attraverso la quale riuscivo finalmente a intravedere un ordine nel mondo. Lì potevo puntare i piedi, lì mi potevo aggrappare per non essere trascinata via dagli uragani.

In breve memorizzai gran parte delle notizie contenute in quelle pagine, e questo ebbe un altro miracoloso effetto. Quando mi trovavo con qualcuno, magari degli adulti, potevo finalmente parlare a lungo. Invece di dire cose strampalate, ero in grado di raccontare qualcosa che interessava tutti. Nessuno conosceva, infatti, la vita delle cavallette o i diversi modi con cui i semi si disperdono nell'aria.

«Questa bambina è straordinaria» commentò una sera un'amica di mio padre, uscendo da una trattoria di Roma. «Ce la ritroveremo laureata ad Harvard a sedici anni!»

Quelle parole mi riempirono di orgoglio, le ripetei dentro di me per giorni. Fino ad allora l'idea che avevo della mia intelligenza era piuttosto avvilente. Per quanto mi sforzassi, non riuscivo a capire quasi niente delle cose del mondo.

Ma ecco che, a un tratto, una persona adulta aveva notato in me un'intelligenza fuori dal comune, un'intelligenza che mi avrebbe addirittura garantito un futuro luminoso.

L'idea che avrei potuto passare la mia vita studiando gli animali mi dava una gran pace. Anche se vivevo in città; se, camminando per le strade, potevo vedere solo qualche caparbio ciuffo di graminacea spuntare dal cemento; se gli alberi della mia infanzia erano gli spelacchiati pitosfori del giardinetto in cui andavo a pattinare o il grande platano che ci faceva ombra sopra la panchina; se, oltre al pesce rosso vinto a un tirassegno e all'amatissimo gatto prontamente fatto uccidere da mio padre in uno dei suoi rari ritorni a casa, non avevo mai avuto contatto con alcun animale, io già sapevo che in mezzo alla natura avrei trovato quella pace che mi era sempre stata negata tra gli esseri umani.

Tu dunque sognavi di salire al comando di meravigliosi aeroplani, io sognavo di girare il mondo parlando con tutti gli esseri che non avevano il dono della parola.

Se le cose fossero andate come dovevano andare, tu avresti sorvolato le foreste tropicali dentro le quali io avrei camminato per giorni, alla ricerca di una qualche rarissima specie animale.

Quando mi sono trasferita a vivere dalla Venezia Giulia al Friuli, tu avevi appena due mesi di vita, io di anni ne avevo dieci e la certezza, almeno in quel momento, che la mia esistenza fosse a un punto di svolta. E che, su questa svolta, brillasse finalmente un sole allegro.

Mia madre si era innamorata di un altro uomo e, come tutte le persone innamorate, era radiosa e piena di progetti per il futuro. Questa sua radiosità, come luce riflessa nello specchio, sfiorava anche noi figli, soprattutto il più piccolo che, sebbene fosse geneticamente figlio di mio padre, agli occhi di tutti veniva contrabbandato come il naturale frutto di quel nuovo amore.

Ci siamo trasferiti in una casa ai miei occhi smodatamente grande. Il nuovo amore era più che benestante e voleva che la cosa fosse chiara a tutti. La casa aveva un giardino, il che mi permise finalmente di realizzare un sogno, quello di avere un cane. Poco dopo il cane, arrivò anche una bicicletta, un'altra delle mie grandi passioni.

Avevo dunque tutto ciò che si poteva desiderare per essere felice. Al posto di una madre triste e arrabbiata, ne avevo una che sorrideva spesso e, accanto a lei, c'era un padre.

Il padre che avevo sempre sognato.

La domenica, con la 850, andavamo in gita a Fagagna, a San Daniele, a Cividale, mangiavamo le minestre di fagioli, il frico e la brovada. Ogni tanto assaggiavo un po' di vino e mi girava la testa. Mi piaceva quello stordimento, mi faceva pensare all'allegra sventatezza di certe giornate di primavera quando, finito l'inverno, l'aria diventa improvvisamente profumata.

Mi sdraiavo su un prato con le braccia dietro la testa, guardavo l'azzurro del cielo, le nubi gonfie che si muovevano svelte e mi dicevo: possibile che non mi sia mai accorta che la vita è così bella?

6

Oggi il tempo ha subìto un brusco cambiamento. Il gelo di gennaio ha lasciato spazio a un caldo vento africano. In poche ore, il cielo è diventato basso e cupo, di colore vagamente rossastro.

Il brusco rialzo termico ha lasciato interdetti anche gli animali. Sotto le foglie di ninfea bruciate dal gelo, i pesci del laghetto si affacciano increduli. È davvero ora di lasciare il tempo del riposo?

Dal fitto dei rovi nudi, dagli intrichi dei loro rami spinosi, dalla sempreverde foresta di bambù, gli uccelli fanno sentire le loro voci. Il sommesso pigolìo dell'inverno ha già lasciato il posto al canto ricco e modulato della stagione degli amori. Anche nei loro canti, però, sembra alzarsi una nota di incertezza.

Dobbiamo già iniziare la danza degli amori o è ancora troppo presto?

Nel ciclo stabilito dalla natura, a stimolare l'ipofisi e a mettere in moto il complesso meccanismo della riproduzione è la maggiore durata delle ore di luce. Di solito questo avviene entro i primi dieci giorni di febbraio. La saggezza popolare ce lo ricorda molto bene. «Quando vien la Candelora, dall'inverno semo fora» ripeteva sempre mia madre, pur non avendo, penso, alcuna cognizione di cosa fosse la Candelora. Sicuramente anche in friulano c'è un detto analogo.

Comunque ora è il tempo dell'Epifania, i Re Magi si sono appena inginocchiati in adorazione e le giornate sono ancora troppo corte e rischiose per mettere in cantiere le nuove vite.

Per chi vive a contatto con la natura, il cambiamento climatico non è uno scontro ideologico tra due diverse visioni del mondo, ma una realtà concreta che si manifesta ogni giorno.

Nella storia dell'umanità il clima si è sempre modificato, ma ciò che colpisce in quello che stiamo sperimentando in questi ultimi tempi è la rapidità con cui sta avvenendo. Non in ere geologiche, ma in pochi decenni.

Trent'anni fa, quando sono venuta a vivere tra queste colline, il tempo era ancora quello della mia infanzia. D'inverno si mettevano i maglioni, d'estate le magliette, d'autunno e in primavera si apriva l'ombrello.

Ora la ciclicità è sovvertita, non è quasi mai possibile prevedere quello che succederà la settimana successiva. Un'ardente siccità si alterna a nubifragi biblici, come se il telecomando della meteorologia fosse in mano a uno squilibrato in preda a continui sbalzi d'umore.

E l'umore della natura, grazie alla complessità della chimica, è legato indissolubilmente anche al nostro umore.

Per quanto mi riguarda, se ci fosse una graduatoria tra i climi più graditi, il tempo di oggi sarebbe al punto più basso della scala, vale a dire sgraditissimo.

Questo caldo innaturale e immobile, quest'orizzonte basso, opprimente, quest'aria densa, polverosa, ricca di sabbia, mi mettono di pessimo umore. La lucidità di pensiero e la gioia di vivere spariscono e, al loro posto, compare quello che i monaci chiamavano il «demone dell'accidia». Si sta male dove ci si trova, si smania per essere altrove. Tutto ciò che ci sta intorno ci opprime, come una prigione senza sbarre. Non vediamo alcun senso né alcun futuro per le nostre azioni. Ogni istante, ogni accadimento sembra essere illuminato dalla cruda luce dell'inutilità.

A Trieste, in giornate simili a queste, già nella mia

età adulta, ricordo di aver camminato per ore su e giù per le banchine del porto contemplando la grigia immobilità del mare, il suo fondersi indistinto con lo stesso grigio del cielo e inalando l'aria satura di putridi odori salmastri.

Lattine, bottiglie di acqua, di varechina, busti di bambole senza più gambe, palloni, grandi ratti con il ventre gonfio galleggiavano pigramente gli uni accanto agli altri negli angoli tra le rive e l'inizio del molo, cantando insieme la vanità e transitorietà del mondo.

In quelle passeggiate furiose mi è capitato spesso di pensare all'aspra dolcezza del suicidio. Legarmi una pietra al collo e saltare a piedi uniti nelle acque nere, quasi melmose, sparire tra le plastiche e le macchie di petrolio, venendo abbracciata ormai inerme dalle viscide alghe del fondo.

O anche salire su una falesia del Carso, a Duino magari, e da lì lanciarmi con le braccia aperte, godendo almeno per alcuni istanti della gioia di cui godono gli angeli.

Sì, farla finita, chiudere tutto, tirarmi fuori da quell'invisibile camicia di forza di minuti, di ore, di giorni che non sapevano svelarmi altro che il loro vuoto e la mia conseguente impotenza.

Sebbene il mio bacatissimo albero genealogico – lo scrigno del Dna – contempli dei suicidi, ringraziando il Cielo, non ho mai provato a mettere in atto questi sinistri propositi. Bastava che, a un tratto, calasse la bora, o che salissi su un treno, per far sì che quelle perverse ossessioni sparissero dalla mia mente.

Quando ho detto che tu e io eravamo opposti, ho detto una cosa vera, ma non del tutto. Pur da situazioni diverse, siamo partiti con lo stesso tipo di equipaggiamento. Non quello che ci ha fatto nascere in condizioni, luoghi e famiglie estremamente differenti tra loro.

No, il nostro equipaggiamento segreto, quello che ci ha uniti e resi simili fin dall'inizio, è stato il grande e incondizionato amore per la vita.

È una contraddizione dire *ho pensato spesso al suicidio* e allo stesso tempo *amo la vita più di ogni altra cosa?*

No, è sbagliato l'assunto che sta alla base. Considerare cioè l'essere umano come un immoto monolite invece che come una creatura fragile sempre in equilibrio precario sui burroni, i salti e le asperità della vita.

Un giorno il sole splende e il giorno dopo c'è la totale oscurità. Qualcuno trova con rapidità la piccozza, i ramponi, la torcia che permettono di avanzare almeno un poco, qualcun altro invece quando si trova già sul burrone, al buio, non ricorda più nulla.

Dove sono?

Dove li ho messi?

Ed è allora che avviene la caduta.

Non ne abbiamo mai parlato, ma sono sicura che anche tu abbia avuto spesso momenti di profondissima depressione nei lunghi e inerti soggiorni al Gervasutta, soprattutto negli ultimi tempi, quando la tua casetta rossa ti aspettava ai piedi del castello di Cassacco.

Eppure non hai mai smesso di amare la vita.

«Questa mattina, ho pianto, sentendo il gallo cantare» mi hai detto, durante una delle mie ultime visite. Poi hai guardato a lungo l'ippocastano fuori dalla finestra e hai aggiunto in un soffio: «Non voglio andarmene».

7

C'erano tante cose che avevamo progettato di fare insieme. Scrivere dei libri. Passare qualche giorno sul lago di Barcis, dove eri stato tanto felice. Fare insieme un tratto della ciclabile Alpe Adria. Tra i molti, era questo il progetto che ci stava più a cuore.
 Avevamo già programmato tutto.
 Io avrei caricato la bici sul treno a Trieste e sarei scesa a Tarvisio Boscoverde. Lì avrei imboccato la pista e, grazie alla pendenza, sarei arrivata quasi senza toccare i pedali fino a Pontebba.
 A quel punto il cuore avrebbe cominciato a battermi più forte, non per lo sforzo, ma per l'intima gioia che avrei provato nel rivederti.
 Non sapevo in che punto mi avresti aspettato.

Ti avrei forse scorto come un puntino che via via diventava più grande – è lui o non è lui? – oppure mi saresti comparso di fronte all'improvviso, dopo una curva?

Comunque, a un certo momento, le nostre ruote si sarebbero affiancate. Entrambi avremmo «viaggiato su gomma» come si dice dei camion e così, chiacchierando o in silenzio, ci saremmo lasciati alle spalle la scura corona dei monti.

Il culmine del godimento sarebbe stato il pranzo alla stazione di Chiusaforte. Frico, naturalmente, e altre prelibatezze che farebbero impallidire qualsiasi nutrizionista politicamente corretto.

«Il corpo è felice e sta bene quando mangia ciò che ha mangiato da bambino» mi ha confermato una volta un amico cinese, medico di grande esperienza, commentando la continua offerta delle diete più bizzarre. Nel nostro amore per le pietanze meno salutari siamo rimasti sempre fedeli a quest'assunto. Provavamo, nel mangiare, la stessa felicità senza ombre dei cani. Niente smanie da gourmet, nessuna sottigliezza da degustatori. Il frico, la meravigliosa pizza di Fabiola, i tortellini conditi con pancetta di Alina erano tutti gioiosi doni planati miracolosamente davanti a noi. Doni che abbiamo divorato scodinzolando con la nostra immaginaria coda.

E poi, come non c'è niente di più triste che mangiare da soli, ugualmente non c'è cosa più allegra che farlo tra amici.

Se c'è una realtà che ci feriva profondamente del mondo contemporaneo era proprio il degrado dei rapporti umani e il giogo loro imposto dell'utilità e dell'efficienza.

Bisogna essere il più possibile normali, dove normalità vuol dire pensare sempre pensieri già pensati, suggeriti e più o meno sottilmente inculcati fin dalla più tenera età.

E questi pensieri volgono in un'unica direzione, quella del consumo. Se posso consumare le cose, per quale ragione non posso consumare le persone?

Scoperchiato il Cielo, annullato ogni possibile timore di quanto non si conosce, anestetizzati i dubbi, le inquietudini, cioè tutto ciò che separa l'uomo dalle scimmie antropomorfe, annullato questo abisso sulle cui porte è impresso il sigillo del mistero, non rimane che considerare l'altro un puro e semplice oggetto.

Comprabile, sostituibile, rottamabile.

E questo processo ci conduce vertiginosamente verso la fine della biodiversità umana. Lottiamo tanto, con ragione, per difendere quella della natura e non ci preoccupiamo della nostra.

Ricordi quando ti parlavo degli insetti sociali? La

nostra società sta andando nella stessa direzione, ti dicevo. Non in quella delle mie amate api che, nella loro breve vita, sperimentano molti diversi ruoli, ma piuttosto in quella delle formiche, delle termiti la cui esistenza è determinata dalla casta di nascita. Se sei una guerriera dovrai sempre combattere, se invece sei un'operaia il tuo destino sarà sempre lavorare.

La complessità del mondo trasformata in un formicaio planetario. E il web cos'altro è se non una tela di ragno? Il termine viene dall'inglese *spider's web*. Il tessuto serico di cui è composta questa tela è una delle strutture più resistenti che ci siano in natura, come sai bene anche tu, dato che è stata studiata per realizzare, tra l'altro, il tessuto dei paracadute.

Ma, oltre a essere straordinariamente resistente, ha un'altra caratteristica. È quasi invisibile. Se così non fosse, le prede, invece di finirvi dentro, la eviterebbero.

Per questo non ce ne siamo accorti. La tela è calata su di noi e ci ha imprigionato, pur continuando a farci credere di essere liberi. In alcuni Paesi si inseriscono già dei chip sotto la pelle del braccio. Non passerà molto che li inseriranno anche nel cervello. È comodo, è utile, è moderno.

Perché no?

Perché no? è la domanda inutilmente retorica di questi anni.

Perché non farlo?

Che cosa lo vieta?

Bisogna essere onesti nella risposta. Assolutamente niente.

In una società in cui il cielo è soltanto un insieme di nubi gassose, in cui non c'è timore né tremore, niente ci vieta di fare le cose più azzardate.

La nostra tristezza di persone innamorate della parola, e dell'enigma che si cela nel suo esistere, era dovuta alla consapevolezza che queste forze cupe, apparentemente benefiche, stavano divorando ogni sensibilità, ogni libertà, ogni capacità di immaginare un futuro diverso da quello imposto.

Cosa c'è di più inutile, infatti, di più gratuito e ingiustificato della poesia?

Finiremo come gli indiani d'America, ti dicevo, chiusi in qualche riserva i cui confini si faranno sempre più stretti. Tu sarai Toro Seduto e io Cavallo Pazzo. Gli eroi delle nostre letture infantili.

Tornare indietro non si può, ci dicevamo, anche perché la tecnologia porta con sé una serie quasi infinita di benefici.

Però si può resistere.

Tra tutte le forme di resistenza, l'unica che ci pareva adatta era quella che stavamo praticando tra di noi.

Coltivare anziché consumare.
Le amicizie si coltivano, i rapporti si consumano.

È il coltivare che rende le cose nobili, importanti. I sassi non si coltivano. Si coltivano le piante, i rapporti, perché l'atto di coltivare contiene in sé un'unica idea.
Quella della crescita.
Se siamo amici, è come se ci prendessimo cura entrambi di una piantina. La innaffiamo quando ha sete, la mettiamo al riparo quando ha caldo. Teniamo il terreno sgombro intorno a lei perché non crescano le erbacce. Nel farlo non ci chiediamo se, con il tempo, quel germoglio diventerà un fiore, un arbusto o un albero.
Ciò che ci rende felici è sapere che, se uno di noi due un giorno non potrà portare l'acqua per dissetarla, sarà l'altro a farlo. Non ci sarà arsura capace di ucciderla.
Cos'è infatti l'amicizia se non un'attenzione paziente e amorosa alla vita dell'altro?

8

Quante volte in questi anni, venendo a trovarti, ho percorso il grande viale che da Udine porta a Tricesimo! Non c'era volta che, entrando in casa tua, riuscissi a non manifestarti il disagio per quel cambiamento del paesaggio.

Il Friuli che conoscevo e avevo conservato nella mia memoria non c'era più.

Dov'erano i campi di granoturco della mia adolescenza?

Spariti.

Al loro posto era sorta un'ininterrotta serie di centri commerciali.

Conoscevo quel rettilineo palmo a palmo per averlo fatto spesso in bicicletta, ma la mia memoria di fine anni Sessanta vagava smarrita in quel labirinto di cubi di cemento.

Appena uscita dalla città, sulla destra, c'era un negozio di articoli da campeggio, davanti alle cui vetrine spesso mi fermavo a sognare.

Poco dopo, sulla sinistra, si ergeva un enorme edificio in stile neoclassico dotato di una scalinata trionfale, che esponeva salotti e camere da letto in stile Luigi XVI. Se non ricordo male, l'insegna indicava «Mobili d'arte».

Dopo un lungo rettilineo fiancheggiato solo da campi, si arrivava finalmente al bivio per Reana del Rojale. Una spigolosa villetta di cemento che ospitava un bar era il segnale che Udine era ormai alle spalle e che Tricesimo era vicino. A confermarlo ci pensava l'insegna del mobilificio Walcher, con il suo grande elefante bianco dolcemente appisolato su una poltrona.

La cosa che più mi ha stupito, venendoti a trovare la prima volta, è stato trovare questi miei remoti punti di riferimento ancora al loro posto, anche se, inghiottiti come sono tra i colossi dei centri commerciali, appaiono ormai come relitti di un'era arcaica popolata da lillipuziani.

Basta guardare le automobili per capire che qualcosa di inquietante è accaduto. Negli anni Settanta in una Cinquecento viaggiava una famiglia intera con i bagagli, mentre ora, quando se ne vede una parcheggiata, ci si domanda come fosse possibile che là dentro potessero entrare anche solo due persone. La stessa cosa si può dire per i supermercati. Dove una volta ce n'era soltanto uno, oggi ne sono sorti trenta, con banchi lunghi e profondi come il Grand Canyon. Eppure la popolazione non è cresciuta in proporzione e il nostro stomaco è sempre quello, piuttosto modesto, di una scimmia antropomorfa.

Comunque, il Friuli della mia adolescenza era ancora molto vicino a quello di Pasolini e a quello della tua infanzia.

E io l'ho amato da subito.

Fra Trieste e Udine, almeno all'epoca, non correva buon sangue. I friulani, solidi lavoratori, disprezzavano i triestini, solidi dissipatori.

Formiche contro cicale insomma.

Nel segreto del mio cuore, fin dall'inizio, in quello scontro sapevo di appartenere al mondo delle formiche.

Il talento creativo non si era manifestato ancora in alcun segno esteriore. Probabilmente dentro di me c'era già un ininterrotto lavorìo. Ma era un lavorìo simile a quello di un formicaio, della cui febbrile attività sotterranea nulla compare alla superficie, se non un minuscolo foro.

E poi a differenza di Trieste dove vedevo soltanto strade, palazzi o al massimo il mare, Udine era circondata dalla campagna e dalle colline, per non parlare degli amati monti che per anni avevo ammirato in lontananza dal Molo Audace. In Friuli apparivano così vicini che mi sembrava quasi possibile sfiorarli. La bicicletta era il magico destriero che mi portava in poco tempo lungo il torrente Cormor e nei boschetti di acacie.

E poi c'era la lingua friulana, una parlata all'inizio per me misteriosa che però in poco tempo mi aveva sedotto con la sua dolcezza.

Il sole insomma splendeva sulla mia vita.

Ma splendeva davvero?

Al momento della mia nascita le stelle erano disposte in modo tale da favorire un imponente influsso di Saturno. E Saturno, fedele al suo compito, semina ovunque ostacoli, dai sassolini ai massi, fino ai veri e propri macigni. Li lancia sul sentiero per ostruirlo ogni volta che il cammino si annuncia troppo facile. Arrancare, retrocedere, sentire ogni giorno un groppo in gola accompagnato da una flebile voce interna che ti invita ad arrenderti. È questa la condanna che impone quel lontano pianeta a chi nasce sotto la sua gelida luce.

All'epoca non lo sapevo.

Pedalavo felice o giocavo con il mio amatissimo cane. Dato che tutte le mie compagne erano innamorate di qualche cantante, mi sforzavo di esserlo anch'io. Ero stata a lungo incerta tra Adamo – possedevo un portachiavi con la sua foto – e Mal dei Primitives.

Alla fine avevo scelto Mal.

La mia massima aspirazione era di poter vivere una vita più normale possibile ed ero ormai sicura di essere vicinissima a questo obiettivo. Avrei finito le scuole, sarei andata all'università, avrei trovato un grande amore, mi sarei sposata e avrei avuto almeno sei figli. Sei bambini che sarebbero stati felici perché li avrei colmati di tutto l'amore e l'attenzione che io non avevo avuto.

Non ho realizzato alcuna di queste aspirazioni.

Pur conoscendo bene le tecniche di caccia dei leoni, che isolano la vittima più debole dal branco per poi attaccarla, o quella del ragno lupo, che insegue e cattura fulmineo le sue prede per trascinarle nella profondità della sua tana, non avevo mai sospettato che le stesse tecniche potessero venir applicate anche dagli esseri umani.

Il marito di mia madre era un vero psicopatico. Come molti psicopatici, sembrava perfettamente normale, anzi persino simpatico. Sono sicura che, se avesse commesso un delitto, i vicini avrebbero detto costernati ai soliti giornalisti: «Chi lo avrebbe mai detto? Mai un problema. Una persona tranquilla, gentile con tutti».

Il ragno lupo non mostra le sue armi letali, attende la preda nell'oscurità della tana. È dalla sua robustezza, dalla sua complessità della sua strategia che dipenderà il successo.

Intanto, nella polaroid, tutti sorridono. C'è il sole, sono felici. Anche il ragno sorride, ma il suo sorriso non viene dal sole né dalla compagnia, quanto dalla consapevolezza che presto calerà la notte e, di quella notte, sarà l'indiscusso signore.

Il primo filo da tendere, il più importante, è quello della separazione. Allontanare la preda dai parenti, dagli amici, da tutto il mondo a lei noto. Portarla all'isolamento senza che se ne accorga e, in quella solitudine, farla sentire una regina.

«Nessuno ti renderà felice come me» recita il mantra dell'incantamento. Far assaporare alla preda il privilegio dell'intimità per poi, un giorno, trasformare quegli abbracci in catene, le parole in un filo spinato da poter stringere sempre di più intorno alla gola.

Fino ad allora avevo conosciuto il male della Storia, l'indifferenza della natura, che fa soccombere i più deboli a vantaggio dei più forti ma, nel domino della mia prima fanciullezza, mancava ancora una tessera. Sperimentare la cattiveria pura e assoluta sulla mia pelle.

9

Di quanti strati è fatta una persona?

C'è il corpo, con tutto il suo imponente apparato biochimico e il legame indissolubile con le leggi ferree della fisica. Se stiamo con i piedi per terra e non voliamo per aria come palloncini, non è per un nostro caparbio desiderio, ma perché esiste la forza di gravità.

C'è poi lo zainetto contenente tutto ciò che ci hanno lasciato coloro che ci hanno preceduto nell'avventura della vita. Caratteri fisici e psichici e, come insegna l'epigenetica, anche le inclinazioni innate. Il talento per la matematica o per la musica, le innocue manie, oltre a gran parte delle abilità manuali e alle paure senza volto fanno parte di questo pacchetto dono con cui veniamo al mondo.

Su tutto ciò è stata posta, nel Novecento del secolo scorso, la corona nobilitante della psicologia. Es, Io e Super Io sono i signori di tutti i nostri moti interiori. Ci abitano e ci possiedono, spingendoci a comportamenti le cui ragioni sono chiare soltanto a loro. Per capirle, per capirci, abbiamo sempre più bisogno di chiedere aiuto a qualcuno che sia capace di districarsi in quella confusa oscurità nella quale ci aggiriamo smarriti, come Pollicino al primo abbandono nel bosco.

Naturalmente la psicologia è antica come l'uomo, soltanto che, prima di diventare scienza interpretativa e terapeutica, è stata appannaggio della poesia, della grande letteratura e delle religioni. Erano i poemi epici a mostrare al mondo come fosse possibile affrontare una situazione, a dare agli uomini l'ispirazione per sciogliere i nodi. Era la Bibbia, con la straordinaria ricchezza e varietà dei suoi personaggi, a ricordarci la fragilità e la transitorietà delle nostre vite, a mostrarci la strada da percorrere.

L'irrompere della psicologia come scienza codificata ha eclissato lentamente ma inesorabilmente millenni di cultura dell'essere umano, riducendo la sua inquietante complessità al paradigma di una tecnica.

Tra noi e un motore alla fine non c'è poi una grande differenza. Individuato il guasto, abbiamo ormai in mano gli strumenti giusti per ripararlo.

In molti casi, per fortuna, è così.

Una manìa si può superare, si possono vincere gli attacchi di panico, si può portare un po' di luce nei rapporti confusi, ma questa manutenzione è soltanto una cura che ci permette di andare avanti zoppicando un po' meno, senza mai porci davanti all'estenuante lotta di Giacobbe.

Non ci sono più angeli nel nostro mondo, né scale che salgono al cielo.

Tutto si svolge qui e ora.

Ma questo qui e ora non prevede la quiete dello stato contemplativo, quanto piuttosto il tendere verso un orizzonte ormai così sottile da diventare invisibile. Le grandi azioni non contano più, così come non viene considerata l'esistenza di sentimenti nobili. L'unico binario su cui tutti veniamo avviati è quello del piccolo tran-tran quotidiano, andare avanti con lo sguardo a terra, assolvendo i compiti che ci vengono richiesti, senza porci inutili domande.

Se poi inquietudini senza nome ci artigliano il cuore rendendo insonni le nostre notti, meglio prendere una pillola. Ce ne sono ormai per tutte le necessità. Timidezza, ansia, ossessione. Non esiste fragilità interiore che non contempli un rimedio capace di risolverla. Dell'esilio dell'anima nessuno ha davvero il coraggio di parlare.

Di quanti parti è fatta una persona?

Alla fine solo di due, il corpo e l'anima.

Ciò che si vede e ciò che non si vede.

La forza di gravità della Terra e la forza di gravità del Cielo.

Della prima, fa esperienza ogni forma vivente; la seconda, soltanto all'uomo viene concessa la capacità di negarla. Guardare avanti e in alto, oppure soltanto avanti. Si vive ugualmente, ma in modo diverso. C'è un ordine che ci precede e prescinde da noi, oppure siamo noi stessi i creatori del nostro ordine? Se è solo l'ego a dirigere le azioni è molto facile che l'ordine in breve tempo si trasformi in disordine, perché il nostro sconfina in quello di chi incontriamo. E così, in breve, la società si trasforma in un'accozzaglia di monadi che si scontrano. Monadi sempre più rabbiose, sempre più tristi.

Quando uscì *Va' dove ti porta il cuore* la cosa che più mi colpì furono le reazioni livide che suscitava nelle élite culturali la parola «cuore».

Il libro veniva considerato spazzatura culturale, roba per persone ignoranti facili da abbindolare, trivialità neppure degne dei Baci Perugina. Allora ero giovane e mi stupivo di tanta furia. Ora non mi stupisco più. La rimozione dell'anima e la rimozione del cuore sono la stessa cosa. La nostra identità deve essere tutta concentrata nella testa e nei genitali, in mezzo non ci deve essere niente. L'essere tu un poeta, e dunque lontano dalla tirannia delle classifiche, e la tua condizione fisica di grande fragilità ti hanno preservato dagli strali dei nichilisti e dal sottobosco dei prepotenti e di arroganti.

«Ma lei è così reazionaria da credere ancora all'esistenza del bene e del male?» mi ha chiesto una volta una giornalista. «Non lo trova francamente ridicolo?»

Davanti a questo tipo di domande – ne ho avute anche di infinitamente peggiori – io rimanevo in uno stato di assorto stupore. Evidentemente quella signora non aveva letto il libro. Se si fosse sforzata di farlo, avrebbe ricordato che in realtà avevo scritto: «Il cuore dell'uomo è come la terra, metà in sole, metà in ombra». Se il male l'avesse ghermita, se l'avesse denudata, se le avesse tolto il fiato, avrebbe scoperto che la negatività pura esiste e che agisce con furiosa cecità.

Nel corso della mia vita ho conosciuto persone sopravvissute ad Auschwitz, alle stragi del Ruanda, ai campi in Libia, ai viaggi con i barconi. A nessuno di loro è venuta in mente la bizzarra idea che il male potesse essere un'astrazione. Come, del resto, tutti loro erano assolutamente certi dell'esistenza di una realtà opposta che convenzionalmente chiamiamo «bene».

Se ancora parlavano, se erano vivi e capaci di ragionare, era proprio perché qualcuno, a un certo punto, aveva teso loro una mano.

Tra di noi non c'è stato neppure bisogno di affrontare l'argomento. Riconoscersi è stato lo sguardo di un istante.

Capire il cuore è anche questo.

Essersi affacciati sull'abisso, esserci caduti dentro e poi, lentamente, con fatica e con molti momenti di scoramento, essere riusciti a risalire, alla luce del sole.

A dieci, undici anni io ero come un fiore desideroso solo di sbocciare. Sentivo la linfa scorrere in me con grande vigore. Per una o due stagioni ho avuto il privilegio di vivere questa condizione. Conoscevo i comportamenti degli animali e nient'altro. Ero abituata all'anaffettività, alla trascuratezza, a contare niente, a non chiedere niente.

Non avendo metro di paragone, pensavo che quella fosse la normalità della crescita. Fino ad allora mi ero sentita colpevole per non essere come gli altri volevano che fossi. In quel momento ero decisa più che mai a domare i miei fantasmi, a rendere mia madre orgogliosa della mia esistenza.

La figlia modello, che aveva sempre desiderato e che non ero mai riuscita a essere. Quella di cui parlare in tono disinvolto con le amiche – mia figlia qua, mia figlia là – non il silenzioso enigma che da un decennio le viveva accanto.

Ero davvero a un passo dal farcela.

Non sapevo che altri più terribili fantasmi erano in procinto di aggredirmi. Le braci che portavo dentro sarebbero presto divampate, scatenando incendi.

10

Un tempo, nelle miniere di carbone tenevano sempre dei canarini in gabbia. Laggiù, nei cunicoli più bui, trascorrevano tutta la vita. Non credo che in quell'oscurità il loro meraviglioso canto abbia mai rallegrato qualcuno – senza luce è difficile cantare – ma forse, con il loro sacrificio, hanno potuto salvare la vita a molte persone. Nei volatili, infatti, i polmoni sono molto fragili, basta una minima esalazione tossica per porre fine ai loro giorni. Erano i primi a sentire le dispersioni di grisù e questa mortale percezione permetteva ai minatori di fuggire dalle gallerie prima che fosse troppo tardi.

Come il piccolo canarino che, con il suo profetico sacrificio, permetteva a chi gli stava accanto di mettersi in salvo, così sono stata la prima ad accorgermi della situazione gravemente patologica che viveva la mia famiglia.

Con il senno di poi, la cosa mi meraviglia non poco perché non ero mai stata brava, fino ad allora, a capire la dinamica dei rapporti umani.

Eppure, ben presto ho iniziato ad annusare l'aria e a pensare: Qui qualcosa non va. Prima l'ho detto a me stessa, poi l'ho sussurrato a mia madre. Ma le sue orecchie non erano in grado di ascoltare. Per troppi anni aveva sofferto di non aver potuto costruire la famiglia dei suoi sogni. Ora che ce l'aveva, non avrebbe permesso a nessuno di distruggerla.

Tanto meno a me.

Si recitava una commedia e tutti dovevano attenersi al copione. Soltanto io mi aggiravo agitata per la casa con la mia parte in mano, gridando: Non la voglio fare!

Anni fa ho sofferto per mesi di una grave depressione post-traumatica, dovuta a un incidente in bicicletta a cui sono sopravvissuta per miracolo. In quell'occasione ho fatto qualche colloquio con una psichiatra e, insieme, abbiamo affrontato il nodo della mia adolescenza.

«Come era possibile» le ho chiesto «che io fossi l'unica a sfuggire a quella situazione di plagio?»

La sua risposta mi ha illuminata.

«Perché, nella tua condizione, non eri manipolabile.»

Non essere manipolabili, ecco!

Gli altri componenti della famiglia, chi in un modo, chi in un altro, erano scesi a patti. Si erano fatti sedurre dal privilegio della bella casa, dalla rappresentazione esteriore della famiglia felice. Briciole di apparente normalità sparse qua e là per ingannare i cagnolini affamati.

A me invece delle apparenze non importava nulla. Fin da quando avevo memoria di me, nel mio cuore, nella mia mente c'era una grande sete di verità. La lunga clausura infantile era stata un lucido e sofferto apprendistato entomologico. Osservavo, registravo, catalogavo tutto ciò che succedeva intorno, nella speranza di intravedere uno spiraglio che potesse permettermi di capire qualcosa dei comportamenti umani.

Perché le persone spesso dicevano una cosa e ne facevano un'altra? Questo era fonte di grande sconcerto.

Non ho mai avuto alcun tipo di malizia. Non capivo – e ancora non capisco – i sottotesti dei discorsi, né i segnali di ambiguità che permettono di virare a proprio favore l'andamento degli eventi.

Sono sempre andata incontro agli altri con timore, certo, ma anche con la profonda convinzione che tutti condividessero il mio stesso candore.

Ero Arianna che cercava di trovare il filo per uscire dal labirinto. Non ho trovato il filo, almeno non allora, ma il gomitolo che per tanto tempo ha continuato ad arrotolarsi al mio interno è stato forse la dinamo che poi mi ha permesso di scrivere.

In queste condizioni, come potevo sopravvivere in una ragnatela di rapporti sempre più malati? Come potevo far finta che ogni cosa andasse bene quando il livello della violenza, del sadismo, del disprezzo saliva ogni giorno di più?

Tra i vasi di ferro, io ero destinata a essere quello di coccio.

Non ero mai stata normale.

Ecco il capro espiatorio offerto su un vassoio di argento.

«Tua figlia ha messo dei chiodi nel mio piatto!» gridava il Vaso di Ferro. «Mi vuole uccidere!»

«Chiodi? Ma se non c'è nessun chiodo!» replicava con candore il Vaso di Coccio.

«Perché menti sempre?» incalzava furiosa l'altro Vaso di Ferro. «Sono là! Non li vedi?»

Ci sono molti modi per uccidere una persona, ma quello più diffuso, e meno punito, è sicuramente il tradimento dell'amore. Nell'acqua che mi doveva annaffiare è stato miscelato dell'arsenico. Del promettente rigoglio della pianta è rimasto soltanto uno stelo bruciacchiato.

Cosa vuol dire venir pesantemente maltrattati, e vedere tua madre che guarda distrattamente dall'altra parte?

Cosa vuol dire vivere per anni, giorno e notte, nel terrore che ogni frase, ogni respiro, ogni passo suscitino una reazione di violenza psicopatica?

Cosa vuol dire tutto questo, quando hai già alle spalle una lunga storia di fragilità?

Situazioni del genere offrono di solito due strade da percorrere. Adeguarsi, diventare come loro. Anzi, se possibile, ancora peggiori. Oppure tenersi fuori, e impazzire. Penso che gran parte delle persone recluse nei manicomi, finché sono esistiti, fossero state in realtà soltanto persone lese nel loro bisogno di amore.

Noi siamo esseri ontologicamente nati per realizzarci in questa dimensione. Abbiamo bisogno dell'amore per giustificare il nostro essere al mondo, come il salice che, per svilupparsi, ha necessità di acqua.

Abbiamo bisogno dell'amore per crescere e per offrire ombra. Senza quest'energia fondante non rimane altro che lo sbandamento, lo scivolare inerte lungo le tante vie che portano alla distruzione.

Ho retto, nella mia volontà di salvezza, fino all'ingresso nelle scuole superiori. Lì, in quelle agognate aule che mi avrebbero dischiuso quelle ancora più agognate dell'università, ho ricevuto invece il colpo di grazia.

Capitata nella sezione meno ambita della scuola – i miei compagni venivano in maggioranza dalle valli della Carnia o dalla bassa friulana – ho capito fin da subito di essere tornata indietro, ai giorni della mia infanzia.

La logica del latino non era la mia logica, ancor meno quella del greco. Non parliamo poi della matematica o del francese, in cui sono riuscita a prendere persino un glorioso -17. Mi applicavo con ossessione allo studio, ma i risultati erano scadenti. Avevo un'insegnante crudelmente gelida. Davanti al suo sguardo di ghiaccio venato di sottile disprezzo, tutto ciò che avevo memorizzato con tanta fatica evaporava in pochi istanti.

Anche in italiano ero pessima. Ricordo un tema che mi era stato restituito con un voto indicibile e sotto, scritto a penna rossa: *Non si capisce neanche di cosa parli.*

Ed era proprio così.

Io stessa non capivo più niente, mi sembrava di avere in mano la vecchia scatola di scarpe con dentro i Lego della mia infanzia. I pezzi erano tutti lì, ma non ero più in grado di costruire alcuna casetta. Avevo perso le istruzioni e, assieme a loro, anche quelle per edificare la mia vita.

Giravo ore e ore per la città e fuori dalla città in bicicletta. Avevo trovato un articolo su una rivista che parlava dei test di intelligenza. Nella popolazione generale, diceva, esistono vari livelli di intelligenza. La maggior parte ha un quoziente intellettivo intorno ai 100. Le eccellenze geniali arrivano a 140. E poi c'è la zona grigia, tra i 100 e i 70, che spesso sfiora lievi stati di demenza. Pedalavo e rimuginavo su quelle statistiche e più rimuginavo, più mi era chiaro da che parte stavo.

11

Intanto, da pochi anni, nelle capitali europee era scoppiato il Sessantotto e le sue tentacolari propaggini avevano ormai raggiunto ogni più remota provincia.

Al fisiologico livello di ribellione dell'adolescenza, si era aggiunto quello più tossico della Storia. Demolire era la parola d'ordine e stordirsi era la via per eseguirla. Stordirsi con l'ideologia, stordirsi con le droghe, stordirsi consegnando l'eros nelle mani di Dioniso.

Per le persone fragili come me era un carro su cui saltare senza alcuna esitazione. Perdersi nella confusione, sperando che quella confusione smorzasse l'incendio che cominciava a crepitare dentro.

Ma il Sessantotto era un vento di tempesta e tra le leggi di natura è compresa anche questa. Tutta l'aria che soffia, dalla brezza alla bufera, ha un solo irrimediabile effetto: rende le fiamme più alte, più furiose, ancora più avide di divorare ogni cosa.

Il primo anno di liceo si era concluso con tre o quattro esami di riparazione. Latino, greco, francese e credo anche matematica.

Quella stessa estate, mia madre mi mandò in Francia a lavorare come ragazza alla pari in una famiglia sconosciuta.

Dentro di me coltivavo ancora il sogno di farcela. Ho obbedito, all'epoca non c'erano alternative anche se andare in un Paese che non conoscevo, in una famiglia che non conoscevo, con la responsabilità di occuparmi di bambini era uno dei più grandi orrori che potessi immaginare.

A Ventimiglia ho sbagliato treno, vagando per ore in stazione, senza sapere cosa fare. È stato un puro miracolo che io sia riuscita il giorno dopo a raggiungere la mia destinazione.

Quell'estate ho dato fondo a tutte le mie risorse per offrire il meglio di me. Non so se ci sono riuscita ma con il senno di poi, ripensandoci, mi sono convinta più che mai dell'esistenza degli angeli custodi. Il mio angelo e gli angeli di quei bambini hanno vegliato su di noi, impedendo che succedesse qualche catastrofe.

Avevo appena quattordici anni e non ero una ragazza solare, in grado di risolvere i problemi. La mia specialità era piuttosto quella di crearne.

Nelle ore libere camminavo lungo il mare, mi sedevo sulle panchine sotto le palme a contemplarlo.

Mi sentivo senza identità in quel mondo così lontano dal mio.

Chi ero?

Non ne avevo la minima idea.

Mi trovavo comunque ancora nella fase in cui desideravo che mia madre potesse essere orgogliosa di me. Avevo portato dei libri per studiare ma avevo poco tempo e, quando mi applicavo, non capivo niente.

Al mio ritorno, ho dato gli esami di riparazione.

Naturalmente sono stata bocciata.

Fino a quel momento mi ero illusa che le persone con cui vivevo volessero il mio bene. Per questo mi ero impegnata anch'io nel ricambiarle. A quel punto, però, capii che era giunto il momento di mollare gli ormeggi. Smettere di far finta, smettere di arrancare, smettere di cercare un'approvazione che non sarebbe mai arrivata.

Mi sono resa conto poi, nel corso della vita, che quel piano – che contemplava il nostro fallimento – era stato stabilito a tavolino. Lo psicopatico voleva che ai miei fratelli e me fossero tagliate tutte le strade. Eravamo dei bastardi e, in quanto tali, non ci meritavamo niente. Non dovevamo riuscire a scuola, non dovevamo andare all'università. Già mantenerci era un peso che sopportava a fatica.

Io volevo studiare zoologia, i miei due fratelli volevano fare uno lo storico e l'altro l'astronomo. Essere riusciti a finire le scuole superiori è stata la nostra impresa più grande.

Il confine che per tanto tempo mi ero sforzata di non varcare a un tratto l'avevo scavalcato. E anche con un certo entusiasmo. Che senso aveva ancora cercare di tenere la barra dritta nella mia vita? Vivevo nella violenza, nell'odio, a nessuno importava nulla di me. Sulla porta della grande casa dove vivevamo c'era un invisibile cartello: SCUOLA DI EMPIETÀ.

Avevo ormai studiato abbastanza per rendere conto di tutto ciò che avevo imparato. In poco tempo mi sono così trasformata da una ragazzina che aspira spasmodicamente a essere amata in una personalità perfettamente borderline.

Allora, come oggi, anche se con molta meno solerzia, quando si passava il segno arrivavano gli assistenti sociali, gli psicologi, le batterie di test, gli psichiatri. E dopo gli psichiatri, i farmaci. Ho messo crocette, ruotato cubi, fissato incomprensibili macchie senza capire assolutamente nulla di quello che stavo facendo. Ogni tanto qualche assistente sociale mi dava dei consigli da vecchia zia: «Che bel giaccone» era un normale giaccone da grande magazzino «chi te lo ha comprato? La mamma? Allora vedi che ti vuole bene?».

Alla fine lo psichiatra convocò mia madre e le chiese di portare al colloquio anche suo marito. Lei si inalberò con tutta la cupezza del suo orgoglio.

«E perché mai? È lei che è pazza, mica noi!»

Venne allora deciso il mio allontanamento dalla famiglia. Quell'allontanamento per me fu un sollievo. Poter dormire in pace, poter mangiare in pace. Da troppi anni non mi era stato più concesso.

Ho affrontato tutta la trafila dei borderline. Prima il collegio, poi la casa famiglia. Ogni luogo però mi stava stretto. Nei primi tempi tornavo ogni tanto a casa nel fine settimana, soprattutto per il mio amatissimo cane. Un giorno però ho aperto la porta e non l'ho visto venirmi incontro. La sua brandina era piegata in due contro un muro, il collare con la medaglietta pendeva tristemente dalla valvola del calorifero della cucina.

Dopo aver eliminato me, avevano eliminato anche lui. Anche le mie cose, quelle che erano state la testimonianza del mio aver vissuto lì, erano sparite.

Da quel giorno ho capito che tra me e i cani randagi non c'era ormai più alcuna differenza. Il mio futuro non sarebbe stato sui banchi dell'università, ma in giro per le strade a mendicare uno sguardo, una carezza, un prelibato bocconcino. Un qualsiasi segno insomma che illuminasse di un senso anche minimo il mio essere al mondo.

Prendevo farmaci per le sindromi schizofreniche, l'alcol e la marijuana erano gli unici compagni nei lunghi pomeriggi invernali.

Una miscela assolutamente micidiale.

L'orizzonte si era trasformato in un pozzo. Era profondo, buio, mai sfiorato da un raggio di sole. Ogni tanto mi affacciavo, sperando che l'acqua fosse salita di livello e mi permettesse di intravedere almeno un tratto del mio volto riflesso. Ma era troppo stretto, troppo alto. A volte provavo a gridare con quanto fiato avevo in corpo, ma dal fondo non rispondeva alcuna eco.

Perché ti ho parlato di queste cose che sicuramente ti avranno rattristato, così come hanno turbato me nel ricordarle?

Perché volevo arrivare al punto zero della mia vita. Il punto in cui si perde l'orientamento.

Il nord e il sud, il prima e il dopo non ti riguardano più. Il dolore ti ha annichilito e già ricordarsi di respirare diventa uno sforzo. Tutto quello che hai costruito, o pensato di costruire, si è volatilizzato. Esisti ancora tu come entità, certo, ma sei totalmente indefinito.

Ed è questa assenza di legami, questa mancanza di progetti a renderti pronto ad accogliere tutto il dolore del mondo.

12

La primavera scorsa, ricordi? abbiamo parlato proprio degli sguardi. Di ciò che dicono o non dicono gli occhi. Non rammento se eravamo a casa tua, all'ospedale di Padova o a quello di Tolmezzo, quando ti avevo raccontato che tenevo appesa nella mia camera una foto di Iqbal, il bambino pakistano ucciso per aver lottato contro la schiavitù infantile. Aveva ricevuto in dono una bicicletta da qualche organizzazione umanitaria e stava pedalando felicemente quando i sicari l'avevano raggiunto con una raffica.

Un giorno, qualche anno fa, una delle mie nipoti è entrata nella stanza e, osservando la foto, ha detto: «Zia, ma dove sei qui? Non ti ho mai visto con quel vestito...».

Sebbene io, fisicamente, sia l'immagine più lontana possibile da un bambino pakistano, lei non si era accorta che sua zia e quel bambino erano due persone diverse.

Come era stato possibile?

Credo fosse stato proprio lo sguardo a tradirla.

Lo sguardo di Iqbal, il mio, il tuo, sono lo stesso sguardo, ti avevo detto allora. L'ho capito quando ho visto la tua foto a sedici anni sperduto nel letto bianco d'ospedale. L'espressione timida dei tuoi genitori accanto a te, uno per parte, era ancora venata da un filo di speranza. Un giorno ti alzerai, magari con le grucce, magari con il bastone, ma ti alzerai, sembravano dirti.

I tuoi occhi, in mezzo a loro, dicevano tutt'altro.

In te c'era la consapevolezza di aver passato un guado e che non lo avresti più riattraversato. Tu eri da una parte e tutto il mondo dall'altra. E tutto il mondo voleva dire la tua famiglia, i tuoi amici, le tue passioni, i tuoi sogni per il futuro.

Ogni cosa era rimasta sull'altra sponda.

Per qualche istante di distrazione, la tua vita si era interrotta di colpo. Da ragazzo forte, pieno di fantasia e amante della libertà, ti eri trasformato nel prigioniero di te stesso, intrappolato in un corpo che non era più tuo, che non avrebbe potuto sopravvivere senza la collaborazione di chi ti stava intorno.

Avevi mosso gli ultimi passi, come racconti in *Questa libertà*, senza sapere che fossero gli ultimi, senza sapere che non avresti più sentito «la pressione del suolo sotto i piedi, né lo scorrere dell'acqua sulla pelle del corpo, né il vento, né carezze, né baci».

Il destino ti aveva sradicato dalle strade che fino allora avevi percorso con spensieratezza, per lanciarti in uno stretto cunicolo senza via d'uscita.

Il tuo pozzo è stato questo.

Ritrovarti in un luogo, in un tempo, in un corpo in cui ogni cosa era sconosciuta e ostile.

Non l'avevi chiesto, non lo volevi, non lo meritavi, eppure era accaduto lo stesso.

La governabilità del destino, o meglio, il suo non esistere è una delle grandi leggerezze del pensiero post-moderno. Siamo noi a tenere in mano le redini, viene ormai sussurrato fin dalla culla.

Invece bisognerebbe dire subito la verità. Ammettere che le redini non sappiamo bene dove siano, e neppure le staffe.

La vita è un cavallo scosso che ci porta dove vuole, in luoghi che non desideravamo, che non conoscevamo, che non potevamo neppure immaginare esistessero.

E lo fa senza mai chiederci il permesso.

Più di dieci anni fa, quando stesa sull'asfalto aspettavo l'arrivo dell'ambulanza dopo essere stata investita da una macchina, ho ripercorso febbrilmente tutto ciò che era accaduto nell'ora precedente.

Se fossi rimasta ancora un po' alla spiaggia, se non mi fossi fermata a spiegare a quei simpatici bambini la biologia delle lumache al parcheggio delle bici.

Se quel pomeriggio, invece di andare al mare, fossi rimasta a casa a leggere.

Se avessi preso l'auto invece della bici...

Se, se, se, se...

Se il 10 settembre 1983 avesse piovuto.

Se, per qualche contrattempo, tu fossi rimasto a Udine.

Se il tuo amico che era alla guida – e che nell'incidente ha trovato la morte – quel giorno avesse dovuto accompagnare la nonna in ospedale.

Se avesse avuto la febbre.

Se soltanto la moto maledetta si fosse rifiutata di partire, ingolfata da un carburatore sporco.

O se, con un gesto di umiltà estrema, avesse deciso quel pomeriggio di farsi trovare con una gomma sgonfia...

Niente di tutto ciò è accaduto.

Con la sua misteriosa e inquietante potenza, il destino domina anche gli oggetti, i passi che le persone fanno o non fanno quel giorno, le porte che si aprono in ogni secondo della nostra esistenza e quelle che rimangono ostinatamente chiuse.

Domina incontrastato persino nel regno della meteorologia. Che un mattino cada la pioggia o salga invece la nebbia per molte persone può fare la differenza.

Dal giorno in cui eri venuto al mondo c'era forse scritto da qualche parte che il 10 settembre 1983 Pierluigi Cappello avrebbe sfiorato la morte sul sellino posteriore di una moto?

O invece si è trattato di un capriccio improvviso?

Quel pomeriggio il destino si è affacciato tra le nubi, ha guardato giù e, inebriato dall'aria settembrina, ha detto: «Prima di sera voglio rovinare una vita».

Passavate là sotto e vi ha scelto.

Contro le stesse rocce poteva far sbattere l'anziano passato poco prima con la sua utilitaria, magari con qualche bicchiere di troppo in corpo.

Invece ha scelto voi, due ragazzi sfiorati dall'ultima luce dell'estate, che ridevano come si può ridere a sedici anni, quando il vento ti scompiglia i capelli e davanti a te vedi spalancata e senza ostacoli la grande strada della vita.

L'ineluttabile ci attende sempre in agguato, nascosto tra i secondi?

Chi sa rispondere a questa domanda non può essere che in cattiva fede, così come chi nega che il destino non sia altro che la spada di Damocle sospesa su ogni vita che viene al mondo.

A evitare che cada non serve l'intelligenza, né la ricchezza, né la rettitudine dei nostri comportamenti. Da nessuna parte sulla Terra esiste una bilancia, una stadera, un righello capace di misurare la quantità o il peso di quel che è giusto e quello che non lo è, a chi tocca molto e a chi niente. O meglio, forse c'è, ma è una bilancia alterata perché, da che mondo è mondo, il destino si accanisce sui giusti e lascia prosperare gli empi.

Allora si potrebbe dire questo. In alcune vite è nascosto un jolly. Ma è un jolly sinistro perché, sotto il cappello a tre punte, non ha il sorriso ebete, ma il ghigno della morte. D'improvviso salta fuori dal mazzo ed è lui, una volta calato, a decidere l'andamento della partita.

13

Per fortuna oggi il clima è tornato invernale.

Questa mattina, quando ho aperto le finestre, il biancore luccicante del ghiaccio copriva l'intero paesaggio.

Non prevedendo il brusco cambiamento, ieri pomeriggio non ho chiuso i tunnel dell'orto. Prostrate e avvilite, le grandi foglie dei cavoli e quelle più modeste delle cicorie sembravano dire: Beate le rape che se ne stanno protette nel calduccio della terra!

Mentre andavo allo studio, la mia cavalla è venuta a salutarmi alla recinzione. Dopo una brutta caduta, non salgo più in sella da anni e così anche lei è diventata una vecchia pensionata. Come me, comincia a zoppicare un po'. Ormai ha più di trent'anni, e per un cavallo sono tanti. Dato che vive libera tra il pascolo e il bosco, mi capita di non vederla per settimane intere, tanto da chiedermi di tanto in tanto se sia ancora viva o se, di notte, il branco di lupi che gira qua intorno l'abbia attaccata. Poi, all'improvviso, un mattino come oggi, ricompare a chiedere qualche delizia da sgranocchiare.

Mele, carote o anche biscotti.

Per sua fortuna, ieri avevo cucinato un grande cavolo e dei finocchi, così ho potuto offrirle un trionfo di foglie scartate – che in natura abbondano attorno a ogni verdura – e, dopo averla lasciata felice a mangiare, sono andata ad accendere il fuoco.

Come tutte le vecchie stufe, Argo è avida di legna. Ti sembra di averla appena caricata e poco dopo, affacciandoti allo sportello, vedi che i ceppi sono già quasi tutti ridotti in brace.

Questa mattina, poi, prima di infilare un ciocco, ho intravisto in una fessura un serico bozzolo.

È in questi momenti che invidio l'igienica asetticità dei pellet! Chi usa i ceppi è consapevole di fare una vera e propria strage ogni volta che apre lo sportello. Per molte specie di insetti, infatti, il legno morto è un'irresistibile nursery.

Ho graziato comunque quelli che sospettavo essere futuri ragni e, dopo aver preso una tazza di tè, mi sono seduta a scriverti.

Quante volte abbiamo parlato della vita degli insetti! Il primo libro che ti ho regalato era proprio su di loro: *Vita e morte degli insetti* di Marcel Roland. Senza essere entomologi, conoscevamo le specie più comuni, come del resto tutti i bambini nati nel secolo scorso. Coccinelle, cavallette, formiche, cervi volanti, maggiolini, cetonie, la temibili forbicine, api, vespe, falene e farfalle facevano tutte parte del nostro orizzonte quotidiano.

Ricordo che un'estate, avrò avuto otto anni, mi ero fissata con le farfalle. A casa di mia nonna c'era un retino con il manico di bambù e io passavo il tempo saltando qua e là, cercando di catturarle.

Con quale strazio mi sono accorta, alla prima importante cattura – un macaone – che il disegno tanto ammirato e desiderato non era altro che una polverina che rimaneva attaccata alle dita! Fino ad allora non avevo mai immaginato che la bellezza potesse essere così fragile.

Sprofondandomi poi nella mia mitica enciclopedia delle scienze naturali, avevo potuto apprendere anche quanta complessità venisse messa in gioco per creare quei disegni così effimeri.

Come gli esseri umani stavano nove mesi nel ventre delle loro madri, così, alcuni insetti si rinchiudevano per un tempo più o meno lungo in un accogliente bozzolo.

Ma mentre il bambino prima di formarsi nell'utero non si sapeva da dove venisse, per le farfalle era diverso. Prima di essere tali erano state delle uova e le uova si erano trasformate in bruchi più o meno pelosi e colorati. Camminavano sugli steli, o dietro le foglie e, in quel loro procedere fatto di buffi allungamenti e accorciamenti, nessuno poteva sospettare l'esistenza delle future ali.

La scoperta della metamorfosi è stata per me una folgorazione. Una realtà vivente poteva trasformarsi in una completamente diversa, con un processo di estrema complessità che avveniva nell'ombra, in un'oscurità dove nessuno sguardo poteva infilarsi per capire cosa stesse davvero succedendo là dentro.

Che la metamorfosi sia anche alla base della vita degli esseri umani è un'idea fortemente osteggiata dalla confortevole dittatura della post-modernità.

Tutto deve funzionare, essere efficiente.

Tutto deve produrre e venir consumato.

In questa danza macabra non c'è spazio per gli indugi, le attese, per le pause misteriose in cui un essere umano, seguendo un processo noto soltanto a lui stesso, raccoglie al suo interno le forze, modulandole con sapienza per riuscire a raggiungere un altro livello di complessità.

Tanto quanto, nella memorfosi degli insetti, sono i processi neuro-ormonali a segnare la strada – la neotenina secreta dai corpi alati e l'ecdisone prodotto dalle ghiandole toraciche si cedono l'un l'altro il passo in una vertiginosa danza – altrettanto nella metamorfosi umana il processo parte solitamente dalle domande inevase di Giobbe.

Ecco, grido: «Violenza!», ma non ho risposta, chiedo aiuto, ma non c'è giustizia! Mi ha sbarrato la strada perché io non passi e sui miei sentieri ha disteso le tenebre.

È lo scontro frontale con il male a mettere in moto l'alchemico processo della trasformazione e la domanda senza risposta a tessere il bozzolo intorno a noi. In questa serica prigione, la luce non è scomparsa, si è soltanto talmente affievolita da diventare penombra.

Il sole che illuminava il nostro cammino non splende più. Non sappiamo più dove guardare, in che direzione andare, né come immaginare che possa aprirsi un'altra strada davanti a noi.

È soltanto quella fiammella che vive nella parte più

profonda di noi – e che si chiama speranza – a impedirci di cedere, di consegnare le armi.

Come negli insetti, così anche nelle persone la metamorfosi si compie in tempi diversi. Alcune impiegano settimane, altre anni. La durata della clausura è determinata dalla complessità dell'essere che sta lentamente prendendo forma.

Possiamo dunque dire che, a unirci, è stato il destino dei coleotteri anziché quello dei lepidotteri? Varie stagioni si sono alternate sul legno marcescente in cui eravamo prigionieri del nostro misterioso sonno. La pioggia, la neve, il ghiaccio, la calura si sono alternate intorno a noi, senza che ce ne accorgessimo.

Quando abbiamo finalmente messo fuori la testa, siamo rimasti un po' stupiti dalla pesantezza del nostro volo.

Che cosa avevamo fatto in tutti quegli anni?

Avevamo formato una corazza per proteggerci, le nostre ali erano quelle corte e robuste di un cervo volante. Tanto il tempo delle farfalle è quello delle ore assolate, altrettanto quello dei cervi volanti è quello del crepuscolo, dell'attimo breve in cui il giorno cede il posto alla notte.

Non è stata questa forse la nostra dimensione?

Vivere sospesi tra due mondi?

14

Mi ha sempre colpito la grazia con cui accoglievi i tanti libri di poesia che ricevevi. In media dodici al mese. Avresti potuto eliminarli dopo aver letto il primo capoverso, dimenticandoti della loro esistenza, invece dedicavi interi pomeriggi a esaminarli con attenzione.

L'irritazione che, a volte, ti coglieva davanti a tante ingenuità e forzature si trasformava però ben presto in una sorta di tenerezza.

Una tenerezza che comprendo in pieno.

Quando le parole si fermano sulla soglia di una vera ispirazione, quando scivolano sulla superficie ripetendo immagini trite e ritrite, quando si popolano di tramonti, prati fioriti, farfalle, gabbiani e onde di mari in tempesta, che cosa si può dire?

Scrivere costa, sempre e comunque, un'enorme fatica, sia che si raggiungano i livelli più alti sia che ci si smarrisca in tentativi incerti. Fatica fisica e fatica emotiva perché anche per parlare di tramonti e di gabbiani si deve essere disposti a svelare un punto di sé in cui la corazza allenta le sue maglie e ci rende vulnerabili.

Cento, duecento, trecento persone possono passare davanti a un tramonto particolarmente suggestivo o accanto a una farfalla caduta e calpestata senza accorgersi di nulla. Poi ecco che arriva la trecentunesima persona che invece si ferma incantata perché qualcosa, in quel tramonto, in quella farfalla, ha colpito il suo cuore. E da questo colpo al cuore nasce l'urgenza di comunicare.

La sensibilità non è un dono di tutti. E forse, nella maggior parte delle vite, più che un dono ormai è un peso. Vedere cose che nessun altro scorge, soffrire per cose che i più neppure notano.

Scrivere, prima di ogni altra cosa, è la valvola di sfogo che permette ai sensibili di sopravvivere.

Per questo non ci può essere superbia nel giudicare gli arcobaleni, le rugiade, gli infiniti, gli aquiloni, i cristalli, «parole cieche e senza carne» – come dici tu – ma piuttosto tenerezza. Perché sono, comunque e sempre, il tentativo di un essere umano di comprendere se stesso e il suo mistero, attraverso l'unica via che gli è concessa.

Quella della parola.

Nel momento in cui vi rinunciamo, e questo momento sembra pericolosamente vicino, il mondo, come scrivi in *Questa libertà,* «sarà ricondotto alla sua sostanza bruta di animale, padrone soltanto dei suoi grugniti che taglieranno il vuoto risonante del suo stesso silenzio».

Da dove vengono le parole?

Dove si formano?

Dove acquistano consapevolezza? Fino all'adolescenza non ho mai avuto alcuna consuetudine con la poesia se non quella, per me tediosissima, imposta dalla scuola. Le poesie non erano altro che sfilze di parole da imparare a memoria. Parole che non avevano né potevano avere alcuna relazione con la sofferta complessità della mia vita interiore, tutta tesa a trovare un bandolo, un filo che mi permettesse di mettere ordine nella grande confusione che sentivo intorno a me.

La rivelazione che la poesia – vale a dire, il rapporto con una parola che all'improvviso si fa bagliore – fosse qualcosa che riguardava la profondità della mia anima l'ho avuta intorno ai sedici anni, leggendo l'autobiografia di Pablo Neruda, *Confesso che ho vissuto*.

Non mi ricordo come mi fosse capitato in mano quel libro. Erano gli anni della dittatura di Pinochet e tutto ciò che riguardava il Cile furoreggiava. Fino ad allora non ero stata una gran lettrice.

In un pomeriggio di pioggia ho sperimentato le stesse sensazioni che descrivi anche tu, raccontando di quando hai scoperto *Addio alle armi* di Hemingway.

«Man mano che la lettura procedeva, riconoscevo i miei luoghi. La desolazione delle pietre era la stessa che vedevo io; la pioggia cattiva che sferza le colonne in ritirata durante la disfatta di Caporetto e chiude in un rintocco funebre il romanzo era la stessa pioggia cattiva che il cielo friulano scaricava sulla mia testa, dopo che le montagne raccoglievano tutte le nuvole salite dal mare. La tristezza dei ruderi bagnati era la stessa che vedevo ogniqualvolta passavo accanto alle case sventrate dal terremoto e non ancora ricostruite. I maccheroni scotti erano gli stessi che anch'io avevo mangiato in piatti di plastica durante l'emergenza, quando le cucine militari da campo lavoravano a ritmo serrato per sfamare i terremotati.»

Ecco, a un tratto ti accorgi di non essere solo. Qualcun altro è passato per la tua strada e ha messo a fuoco cose che credevi di essere l'unico a vedere. Quel vago sentimento di indeterminatezza che ti lascia smarrito insperatamente prende un nome e, con quel nome ormai chiaro, lo riponi nel nuovo ordine che si prospetta nella tua mente e nel tuo cuore.

Scoprire il senso profondo della poesia e il potere dirompente delle parole è stato per me come scoprire in alto l'apertura di una feritoia nella parete della torre in cui vivevo prigioniera. Non sapevo ancora a cosa servisse – se a sparare, a prendere luce, o a entrambe le cose – ma il semplice fatto di poter alzare lo sguardo in una direzione precisa mi dava già un senso di liberazione.

Dopo Neruda ho iniziato a leggere con il disordine dell'autodidatta ogni tipo di poesia. Rilke, Trakl, Cvetaeva, Achmatova, Celan, Esenin, Majakovskij, Montale, Gozzano, Baudelaire, Rimbaud, Verlaine. Bastava che uno scritto fosse in versi perché mi ci avventassi sopra con la furia degli affamati.

Posso ormai dire che nella mia vita, a un certo punto, è stata tracciata una linea precisa. Un po' come quando, giocando da bambini, si traccia con il piede un limite nel terreno.

Al di qua e al di là.

Il prima e il dopo.

Prima, l'ordine era stato un catalogare, riunire o

separare le famiglie, le categorie, i generi. C'era una struttura e, in quella struttura, cercavo di inserire le cose che non riuscivo a comprendere.

Poi la struttura si è dissolta e, al suo posto, è comparsa la disordinata danza delle parole. Ogni tanto riuscivo ad afferrarne alcune, come un giorno avevo maldestramente catturato le farfalle e, con la stessa devota passione dell'entomologo, trascorrevo il tempo a osservarle.

I vuoti, i bagliori, i sinistri scricchiolii del reale avevano finalmente una via per essere ricuciti. E questa via erano proprio le parole. Non le parole di ogni giorno – usate, consunte dal continuo ripetere pensieri già mille volte pensati – ma parole che, pure e assolute, comparivano improvvisamente nella mente da un insondabile silenzio.

Era al mistero di quel silenzio che avevo cercato di dare un nome fin da quando ero venuta al mondo.

Come per te la lettura di *Moby Dick,* prima e dopo l'incidente, è stata l'ancora di salvezza, la zattera su cui balzare per raggiungere la terraferma, così per me la poesia è stata il nutrimento che mi ha permesso di superare gli anni impossibili dell'adolescenza e della giovinezza.

I libri salvano la vita.

Nell'era della tecnica e del consumo, in cui tutto ha un prezzo e tutto si può comprare, dovremmo ricordarcelo un po' più spesso.

15

Questa notte, in una delle mie interminabili ore di insonnia, mi sono chiesta se l'immagine di noi due come coleotteri sia coerente con quello che sto raccontando. Saresti stato più a tuo agio se avessi scritto che dalla lunga incubazione saremmo usciti trasformati in meravigliose farfalle?

La farfalla ha in sé l'idea della leggerezza. In fondo la sua bellezza chiede di essere ammirata, mentre un coleottero suscita in chi lo vede sentimenti per lo più di ripulsa, se non proprio di orrore. È facile che, nel suo incontro con l'umano, rischi di venir schiacciato. Rischio da cui la farfalla, in linea di massima, è esente.

C'è in noi una naturale tendenza ad ammirare ciò che è bello e a distruggere ciò che pensiamo ci minacci. Malgrado ciò, credo che nella graziosa leggiadria delle farfalle ci saremmo sentiti piuttosto a disagio.

Una cosa che ci univa davvero era proprio l'assenza di narcisismo. Quando mi raccontavi che il grande televisore che troneggiava di fronte al tuo letto era il regalo di un gruppo di ammiratrici, nella tua voce riverberava il timido orgoglio di un bambino che aveva fatto bene i compiti. Abbassavi un po' il tono nel dirlo, così come ho fatto io quando ti ho raccontato di quel paio di calze fatte a mano e coloratissime che mi erano state regalate da una signora venuta apposta a Istanbul dall'interno della Turchia.

Nonostante ti prendessi affettuosamente in giro perché eri «un poeta laureato» mentre io, alle soglie dei sessant'anni, restavo solo e soltanto una ragazza del Percoto, cioè una maestra elementare, non abbiamo mai parlato della parte «ufficiale» del nostro lavoro, quella che suscita l'interesse della maggior parte delle persone: premi, riconoscimenti, copie vendute, numeri sempre crescenti di traduzioni.

La nostra gioia e il nostro infantile orgoglio consistevano tutti nei piccoli e grandi segni di gratitudine che avevamo ricevuto, nel corso del tempo, dai nostri lettori. Gratitudine non per la notorietà, ma per essere riusciti, con le nostre parole, a portare una luce diversa nelle loro vite.

Donare ricchezza interiore, suscitare visioni.

Non è forse questo lo scopo ultimo della parola? Verità semplice ma difficile da accettare in un tempo che riduce tutto a tecnica. Conosci la via per fare una cosa e la fai. Non ci sono ostacoli, non ci devono essere, perché, a questo punto della nostra civiltà, ogni cosa è conoscibile e, in quanto conoscibile, dominabile.

Le parole che salvano, le parole che illuminano vanno in direzione completamente opposta. Non saranno più Trakl o Hölderlin, Hemingway o Melville a salvarci. La parte più oscura e misteriosa della nostra vita non verrà più illuminata dai loro personaggi, dai loro versi, ma sedata da un giusto cocktail di farmaci.

Certo, rimane ancora lo sgradevole incomodo della morte, ma stiamo riuscendo a risolvere anche questo. La «buona morte», nel tempo in cui ancora esisteva l'idea dell'eternità – e dunque del giudizio – era andarsene in grazia di Dio. La possibilità di farsi sorprendere dalla Signora con la Falce in condizione di peccato tormentava anche i più forti.

Ora invece il desiderio che ci viene suggerito è potercene andare nel sonno nel preciso momento in cui la vita, per una ragione o per l'altra, ci sarà diventata insopportabile.

La danza macabra trasformata in una grigia routine.

La Morte ha deposto la falce e sopra il suo scheletro ha indossato un camice. Lo porta ormai slacciato, con trascuratezza e ciabatta per i corridoi stringendo tra le falangi una lista non molto diversa da quella della spesa.

E la cosa più tragica è che la potenza dei media sta convincendo tutti della bontà di questa scelta.

Che cosa c'è di male a evitare il male, la sofferenza? Assolutamente nulla, è il più umano dei desideri. A turbare – e a dare il segno della fragilità a cui siamo arrivati – è il fatto che si deleghi tutto ciò alla tecnica, che si consegnino allo Stato le chiavi della nostra vita nella convinzione che solo nelle sue leggi si nasconda la salvezza.

E se fosse il contrario?

Se sotto le sue leggi si profilasse piuttosto un universo concentrazionario? Della morte dei malati terminali, degli anziani senza più memoria, dei bambini che non sono riusciti a emettere altro suono che un rantolo, chi trarrà giovamento se non le casse del servizio sanitario e quelle del sistema pensionistico?

La morte si sconta vivendo, ha scritto il nostro amato Ungaretti e il senso profondo del nostro esistere è proprio raccolto nelle sue parole.

Noi viviamo la nostra umanità nella misura in cui siamo capaci di accettare la fragilità, di far fronte al dolore, di assisterlo, di condividerlo attraverso la delicatezza dei pensieri e dei gesti.

E siamo ancora nell'umanità quando, davanti all'intollerabile, invochiamo la morte e magari riusciamo anche a metterla in atto.

Mio padre, come l'autore del *Manoscritto trovato a Saragozza*, per anni ha limato il pezzo di teiera che un giorno si sarebbe trasformato nella pallottola capace di porre fine ai suoi giorni. Da sempre aveva deciso di autodeterminare la propria uscita dal mondo. La Signora con la Falce è stata più svelta di lui ma non mi sono mai scandalizzata per questo suo desiderio, perché ritengo la libertà il più grande dei doni che ci sia stato concesso. E in questa libertà è compresa anche la possibilità di farla finita con le nostre stesse mani, assumendocene la responsabilità.

Delegare un simile gesto alla routine di una legge, a un diritto dovuto dallo Stato vuol dire spalancare le porte a un mondo di assoluto orrore.

Quante volte abbiamo parlato della permanenza del nazismo sotto il volto apparentemente benefico degli alfieri della vita semplificata!

Dato che in quel momento eravamo troppo stanchi per scrivere, volevamo registrare una conversazione proprio su questo tema. Prima o poi l'avremmo fatto di sicuro, magari camminando lungo la ciclabile di Chiusaforte. Avevo già pensato un titolo: *A Sparta non nascono poeti*.

La nostra società è una società ormai follemente necrofila, è questa sua mortale passione a renderla nemica di ogni parola che libera. Perché, se le parole liberano, vuol dire che da qualche parte esiste una condizione di libertà che sfugge al controllo, e questo non può essere sopportabile.

Tutto deve essere livellato, tutto abbassato fino a equipararsi all'andamento linearmente monotono di un encefalogramma piatto.

Secondo gli standard vigenti, la tua vita – dato lo stato di totale dipendenza che richiedeva – verrebbe considerata dai paladini della felicità non degna di essere vissuta.

E una vita come la mia, con la precisione sempre più alta che offrono gli *screening* prenatali, avrebbe rischiato di venir eliminata prima ancora di iniziare. «Qualcosa non va nella testa» avrebbero detto a mia madre, consigliandole di non caricarsi sulle spalle un'esistenza che sarebbe stata molto complicata. «È giovane, presto potrà metterne in cantiere un altro.» Come se la vita fosse una lotteria. E mia madre, come molte donne ingenuamente fiduciose, sarebbe stata loro grata per lo scampato pericolo.

Non sono mai riuscita a togliermi di mente un fatto di cronaca letto su un giornale di qualche anno fa. In un ospedale era stato abortito un bambino di quasi quattro mesi. Che ci fosse un difetto di fabbricazione si erano accorti un po' tardi, ma accorgersene e decidere di operare era stato tutt'uno. L'intervento era andato bene. Spente le luci della sala operatoria, erano andati tutti a casa.

Soltanto la mattina dopo, una persona aveva udito un flebile pianto dietro a una porta. Entrando, aveva trovato, deposto in una bacinella di inox, il feto abortito la sera prima.

Più che un feto, era un bambino e quel debole lamento – che era risuonato tutta la notte nelle stanze vuote – era la sua disperata richiesta di aiuto. La morte era arrivata a liberarlo soltanto dopo il ritrovamento.

Che cosa aveva fatto quel bambino per meritarsi un'esistenza così breve e terribile? Aveva il labbro leporino, un'anomalia ormai perfettamente correggibile.

Ecco, nei momenti di silenzio più assoluto, risuona sempre nelle mie orecchie, come lo shofar, quella prolungata e straziante richiesta di aiuto.

Dove sono i poeti di Sparta?

Nessuno ha permesso loro di venire al mondo. La grande astuzia dei nemici della vita è far credere che la sua difesa riguardi solo i cattolici, i preti, i fanatici di qualche movimento estremista.

Per questo occultano, mistificano, manipolano.

L'eugenetica è una realtà già pienamente attiva. È la sua diffusione capillare che rende inutilmente beffardo il grido che viene ripetuto nella Giornata della Memoria: «Mai più! Mai più!».

Sarebbe forse più giusto sostituirlo con «Sempre di più». Divelta la radice del bene, occultata la sua origine, che cosa rimane infatti se non l'altro come pura materia? Materia a totale disposizione di chi è in grado di gestire una tecnica, di chi ha un progetto in cui l'essere umano è solo un mezzo, un insieme di cellule e tessuti da usare a proprio piacimento.

Nelle nostre inquiete conversazioni ci domandavamo spesso quando le persone avrebbero cominciato ad aprire gli occhi e a rendersi conto che quella libertà sfavillante, tanto decantata dagli imbonitori del progresso senza limiti, in realtà era una gabbia.

Essendo noi due artisti prigionieri delle nostre diverse fragilità, niente ci angosciava più dell'avanzare di questo mondo post-umano. Nel mondo super efficiente che si prospetta, nel mondo in cui il male e il suo mistero fossero stati aboliti, che spazio, ci chiedevamo, sarebbe rimasto per la parola?

La voce sarà ridotta a brusìo.

Un brusìo non molto diverso da quello delle mie api. Con la differenza che le api danzano da milioni di anni assieme al sole, mentre i nostri passi, sempre più frenetici e svuotati di senso, saranno guidati dalle mani di un invisibile padrone.

Per far credere che nulla sia cambiato, ci verrà fornita la rappresentazione virtuale di ogni cosa. La poesia non verrà eliminata, sarà soltanto prodotta dall'algoritmo di un computer, senza sbavature né sussulti.

Sorridi?

Non ci credi?

In realtà è già accaduto, hanno fatto un esperimento in una delle solite università americane. Il risultato è stato più che soddisfacente. I lettori hanno apprezzato, senza rendersi conto che, dietro quelle parole, non ci fosse niente di umano.

Inutile lo scorrere svelto della tua amata matita di grafite sul taccuino che tenevi sempre in grembo, inutili le centinaia di quaderni che ho riempito con il furore dei miei appunti.

Inutili noi e il nostro dolore.

Noi e il nostro rifiuto di soccombere.

Inutili i nostri sguardi.

E ancora più inutile la gratitudine dei nostri lettori.

Come si può essere grati, infatti, per una cosa che non esiste?

16

In questi giorni mi è tornata spesso in mente la tua nuova casa, gli ambienti luminosi, la cucina rischiarata da quella scritta «Zio, sei unico!» sulla presina appesa sopra i fornelli, la grande libreria ordinata che sorreggeva le foto di famiglia.

Una ritraeva i tuoi genitori con le montagne sullo sfondo, un'altra la tua amata nipote Chiara durante un saggio di pattinaggio, e poco lontano le foto tua e di tuo fratello Stefano bambini, in bianco e nero. La tua, rovinata dall'acqua, messa in salvo dalle rovine del terremoto, l'altra no. Entrambi eravate sorridenti, anche se un'ombra velava già il tuo sguardo; entrambi indossavate una maglia a quadretti.

Anch'io in un cassetto ho una foto simile con mio

fratello Stefano: ben vestiti, pettinati, in una posa evidentemente studiata. In un tempo ormai antico, prima del mito della spontaneità, si usava infatti immortalare i bambini in uno studio fotografico.

Mentre io conosco bene la tua casa, tu della mia avevi potuto vedere soltanto le immagini che ti avevo mandato nel tempo. Aprivo la finestra la mattina e catturavo la particolare luce di quel giorno per condividerla con te. Fotografavo poi l'orto, gli alberi da frutta, le galline, le api e il mio studio – da cui ora ti scrivo – coperto dalla neve durante l'inverno o in primavera, quando il prato è rallegrato da un mare di pratoline, come fosse un tratto della Via Lattea prestato alla terra.

«Vivi in un posto meraviglioso» mi dicevi al telefono. Mi sono resa conto ora, però, di non averti mai detto una cosa che, ai tuoi occhi, avrebbe reso il luogo ancora più invidiabile.

Non lontano da dove abito, infatti, c'è un importante aeroporto militare e dunque sopra la mia casa – oltre il numero infinito di aerei che partono e arrivano da Roma e che proprio qui sopra smorzano i motori in vista dell'atterraggio a Fiumicino – spesso a quote molto più basse passano dei velivoli che tu saresti stato in grado di identificare con la stessa facilità con cui distinguo, già da lontano, un fringuello da un cardellino.

Quando ti ho conosciuto abitavi ancora a Tricesimo, in una casa prefabbricata sopravvissuta al terremoto del 1976. La struttura aveva circa quarant'anni e si vedevano tutti. Era molto umida e non particolarmente luminosa. Non ti apparteneva, come quella di Cassacco.

Era la casa che il destino ti aveva assegnato, dopo averti tolto quella di Chiusaforte che aveva ospitato da generazioni la tua famiglia.

Per te è stata un'esperienza devastante. «Il 6 maggio 1976 alle 21.02, con il primo boato del terremoto, la fantasia di tutti i bambini friulani si riunì e si espanse come una dolente, gigantesca bolla per accogliere dentro i suoi confini una nuova regione, la regione di un terrore primordiale da animali spaventati. Il presente immutabile venne scagliato in bocca a un futuro buio, privo di dimensione.»

Quella sera tu avevi otto anni e io diciotto. La bolla ci risucchiò entrambi, con la differenza che io lasciavo alle mie spalle una camera in affitto e le macerie della mia adolescenza, mentre tu venivi strappato dalla tua infanzia, dalla memoria di tuo padre, di tuo nonno, della storia degli uomini che, fino ad allora, vi era passata accanto senza travolgervi. E dalla certezza che quel suolo, prima di allora «misurato come se fosse la sola cosa salda, il solo baricentro delle nostre esistenze» saldo non fosse affatto.

In quegli istanti di terrore con la forza e l'intuizione che solo l'amore può dare, tuo padre era riuscito a mettere in salvo Stefano dal crollo del solaio. Quando me l'hai raccontato, non ho potuto fare a meno di pensare che mio padre, se ci avesse trovato sulla sua via di fuga in una situazione analoga, non avrebbe esitato a calpestarci giustificando poi la sua ignominia con quel mix di darwinismo estremo e ineluttabilità del karma che ha segnato tutte le scelte – o meglio, le non scelte – della sua triste esistenza.

La povertà a cui ha condannato noi figli è una povertà di memoria e di senso, una povertà di eredità, il sibilo di un gorgo annichilente che risuona nelle nostre orecchie come quello del *maelstrom*. Nel cuore della notte, nel mezzo della giornata più sfolgorante, dobbiamo ancora tapparci le orecchie, come Ulisse davanti alle sirene, per non essere risucchiati da quel vortice.

Non poter ammirare i propri genitori, non essere orgogliosi di loro è una zavorra che nessuno psicologo potrà mai togliere dalle nostre spalle.

Non c'è consolazione per questo, non c'è riparazione possibile perché sono stati lesi i fondamenti.

E dai fondamenti dipende la solidità dell'uomo.

Come i fiumi vanno dalla sorgente alla foce e non

viceversa, così la gioia dei figli dovrebbe essere nello sguardo del padre e la gioia del padre in quello dei figli. Quando non accade, l'acqua traborda, esonda, esce dall'alveo. Non è più limpida, non ha più una meta. Abbandonando il suo letto naturale si disperde, trasformando la campagna intorno in un'estesa palude.

Nella palude si può sprofondare, venire inghiottiti senza un grido, oppure ci si può aggrappare a qualcosa, a un ramo, a un albero e, da lassù, attendere pazientemente che l'acqua venga nuovamente assorbita dalla terra, consapevoli che non esiste esondazione che, con il tempo, non renda più fertile il suolo.

Trasformare la negatività in positività, il male in bene non è forse la strada che abbiamo scelto di percorrere, per sopravvivere alle asperità delle nostre vite? Dal caos dell'annullamento alla ricerca di un invisibile filo che ci portasse fuori da questo annientamento.

In un mondo come quello attuale, in cui ogni irrompere del male viene accolto dalla relativa ricerca di un responsabile e la rivendicazione di un diritto alla felicità – diritto impossibile da garantire – riportare al centro della riflessione la fecondità del male sarebbe molto importante.

Quello che determina la vita di una persona, infatti, non è trovare un colpevole o incassare un più o meno lauto risarcimento per le sventure che la colpiscono, ma il modo in cui davanti alle stesse sventure si riesce a reagire.

Si può soccombere, adeguarsi, facendosi trascinare via dalla stessa melma, o invece sfidare ciò che ci succede senza cedere alla confortevole inerzia della vittima.

La forza d'animo è – o meglio era – una delle caratteristiche fondanti dell'essere umano. L'oscena poltiglia del politicamente corretto l'ha triturata, sminuzzata, vomitata, rendendola irriconoscibile. Già la parola «forza» suscita un immediato ribrezzo, figuriamoci se accanto ci mettiamo «anima».

La forza d'animo è stata ormai sostituita dalla forza di carattere. Una forza creativa, generosa, inesauribile, capace di gestire le situazioni più complesse della vita e un'altra caparbiamente ossessiva nel perseguire il suo obiettivo, non molto diversa da un cane da tana che scava, scava e scava ancora per raggiungere la preda in fondo a un buco.

Nel linguaggio corrente esistono molti termini per indicare chi ha un carattere importante, degno di attenzione. Un carattere da temere, da ammirare.

Ma sulla forza che nasce dal cuore è sceso un silenzio tombale.

E come potrebbe essere diversamente?

Al cinismo contemporaneo sfugge soltanto ciò che è stato incontestabilmente provato dalla scienza. E per quanto si sia riusciti a dissezionare il corpo dell'uomo fino a livelli quasi impensabili, finora dell'esistenza dell'anima non è stata trovata alcuna traccia.

17

Chiusaforte!

Quante volte mi ha fatto sognare questo nome nella mia infanzia. Mia nonna paterna, cardiopatica, era solita trascorrere il mese di agosto in quel paesino del Friuli, per sfuggire alla pericolosa calura di Trieste.

Ricordo ancora con precisione il giorno in cui mio padre è arrivato a casa proprio da Chiusaforte e mi ha teso un pacco avvolto in una carta leggera. Avrò avuto sei anni o sette anni. Ho subito sentito che conteneva qualcosa di morbido, anche se non capivo cosa.

Strappando la carta, ho visto poi comparire dei pantaloni di velluto nero. Erano piuttosto rigidi e avevano quel particolare odore di colla – sicuramente lo ricordi anche tu – che una volta contrassegnava i vestiti comprati nelle mercerie e nei negozi di paese. Pantaloni da maschio, naturalmente, perché allora quelli da femmina non esistevano. Pantaloni dei miei sogni, rimasti mitici nella memoria.

Mitici non solo perché avevo sempre odiato le gonne, ma anche per quello che significavano. Perché erano un dono di mio padre il quale, nel corso di tutta la mia vita, di regali me ne ha fatti soltanto quattro.

Quei pantaloni, appunto. Un'automobilina con le porte che si aprivano – una per me e una per mio fratello Stefano. La coda di tigre della benzina Esso – gadget ricevuto in qualche distributore – e, poco prima di morire, un cd: *La Creazione* di Haydn.

È vero che allora mi aveva detto che i pantaloni erano un regalo della nonna, ma mi è sempre sembrato strano che una nonna, a cui ero per lo più indifferente e che di sicuro non li riteneva un abbigliamento adatto a una bambina, fosse entrata in un emporio per comprare proprio quel regalo. Li aveva dunque presi mio padre appositamente per me?

Non lo saprò mai.

Quello che so per certo è che, da allora, Chiusaforte è diventata per me un luogo mitico. A casa della mia nonna materna c'era un vecchio libro di fiabe persiane. Nell'infinita noia dei pomeriggi domenicali, mi sdraiavo sul pavimento a leggerlo e rileggerlo.

Adoravo i tappeti volanti e la fenditura nella roccia oltre la quale Aladino trovava la grotta con il tesoro.

Per quelle strane associazioni che avvengono nella testa dei bambini, mi ero convinta che quel posto fosse proprio Chiusaforte. C'erano delle ottime ragioni per crederlo. Da lì mi era arrivato quel dono inaspettato, il suono Chiusa-forte non era molto diverso da cassa-forte, e poi avevo saputo da mio padre che il paese era stato costruito su una roccia.

Magica dunque la Chiusaforte della mia infanzia, reale quella della tua.

Oltre che dalla nostra memoria, la geografia delle nostre nascite è unita anche dal filo più robusto e implacabile della Storia.

Il 16 febbraio del 1945 la contraerea di Dogna, di ritorno da un bombardamento in Germania, abbatté due bimotori alleati. Alcuni aviatori riuscirono a lanciarsi con il paracadute, altri morirono nello schianto.

Gli aerei precipitarono su un altopiano proprio sopra Chiusaforte. Uno dei primi ad arrivare sul luogo dello schianto fu il parroco, e fu sempre lui a combattere coraggiosamente con il locale comando tedesco per poter dare una degna sepoltura ai poveri morti.

Gli abitanti del paese poi smantellarono gli aerei

pezzo per pezzo, portando via tutto ciò che poteva essere utile. Chissà se anche tuo padre ha indossato, in quegli anni, una delle camicie fatte con la stoffa dei paracadute.

Il giorno dopo, il 17 febbraio, da un'altra base pugliese partirono settanta bombardieri. La loro missione era colpire una raffineria vicino a Vienna.

Sarebbero anche loro passati su Chiusaforte, con più o meno successo avrebbero sfidato la contraerea del Canal del Ferro, se il tempo meteorologico quel giorno non fosse bruscamente mutato. Così, a causa delle avverse condizioni sulle Alpi, partirono in ritardo e, invece che a Vienna, ebbero l'ordine di sganciare le loro bombe su Trieste e Fiume.

Una di questa centrò in pieno la villa della mia famiglia.

La casa della tua famiglia è crollata in sessanta secondi, il tempo della scossa del terremoto. Non credo che quella della mia ci abbia messo molto di più. Bastano pochi istanti per polverizzare la memoria di generazioni.

Era stato il tuo bisnonno Pietro, abile scalpellino, a mettere da parte centesimo dopo centesimo, lavorando in Romania e in Ungheria, il piccolo gruzzolo che gli aveva permesso di edificare la casa di pietra in cima a un colle. Quel colle che, per la sua posizione sopraelevata, eri convinto ti avrebbe preservato dalle battaglie del mondo.

La villa dei Veneziani si trovava a Servola, vicino alla Ferriera e allo scalo ferroviario. Il mio trisavolo, infatti, aveva inventato una vernice per proteggere dalle alghe gli scafi delle navi e quell'invenzione aveva proiettato la famiglia da una vita di grande modestia a una di agiata ricchezza.

La villa stava lì a dimostrare il salto sociale.

A dire il vero, se fossero stati dei veri ricchi, l'avrebbero costruita a Barcola o a Gretta, dove le persone abbienti facevano sorgere da sempre le loro residenze, e probabilmente sarebbe sopravvissuta al bombardamento.

Invece avevano voluto edificarla nella zona industriale, proprio accanto allo stabilimento della vernice, per poter stare più vicini alla ragione della loro fortuna.

Erano quelli che ora si direbbero *nouveaux riches*. La distruzione della villa segnò rapidamente anche la loro rovina, con conseguente discesa sociale e rapida polverizzazione di quel patrimonio che era durato appena il tempo di due generazioni.

Spesso le grandi fortune fatte in breve tempo in altrettanto breve tempo si dissolvono, lasciando dietro di sé terribili scie di odi, di recriminazioni, di rimpianti.

Se la casa del bisnonno Pietro fosse rimasta in piedi, tu avresti avuto un nido d'aquila a cui tornare. Se quella del mio trisavolo non fosse stata ridotta a un cumulo di calcinacci, io non sarei nata in un triste caseggiato del dopoguerra, con le scale sempre invase dall'odore di minestrone e le grida dei bambini nel cortile.

E, probabilmente, mia madre sarebbe stata una persona meno smarrita.

Perdere la casa è come perdere l'identità.

La storia degli uomini e quella della terra sono entrambe cieche, procedono indifferenti, macinando con i loro cingoli tutto quello che trovano davanti. Non rispettano le fatiche, gli sforzi, i sogni nascosti dietro ogni umana costruzione. Dopo il loro passaggio, non resta che ripetere le parole dell'Ecclesiaste: *Vanità delle vanità, tutto è vanità.* Perché legarsi, affannarsi, tormentarsi per ciò che non dura?

Eppure, malgrado questa consapevolezza, l'uomo non può far altro che continuare a costruire, perché edificare è il senso più profondo dell'esistere in quanto contiene in sé l'idea di futuro.

E anche quando, come nel nostro caso, alle spalle rimangono soltanto macerie, calcinacci e rovine umane, si continua lo stesso ad andare avanti. Soltanto che, invece di costruire muri o attività, si inizia a comprendere la necessità di edificare quella realtà inafferrabile e misteriosa che si chiama vita interiore, l'unica su cui le bombe nulla possono, l'unica su cui i terremoti passano senza riuscire a fare danno.

«Ai bambini che hanno riunito la forza della loro immaginazione per contenere il terrore del terremoto» hai scritto in *Questa libertà* «si è aperta dentro una faglia di precarietà, e credo che la mia ossessione per la scrittura muova dal buio di quella faglia e dal tentativo, patetico quanto ostinato, di riavvicinarne i lembi.»

Sì, l'ossessione della scrittura nasce come ossessione del buio, si nutre di voragini, strappi, pozzi scuri nascosti anche nella più serena delle giornate.

A diciotto anni, seppure già amassi la poesia, non ero neanche lontanamente sfiorata dall'idea che il corpo a corpo con le parole avrebbe segnato tutta la mia vita.

Eppure, in quelle stesse ore, un simile e assoluto senso di precarietà ha inghiottito anche la pur minima stabilità che ero riuscita a raggiungere.

La sera del 6 maggio 1976, ho dormito come te sdraiata sulla nuda terra, senza riuscire a capire per diverse ore cosa davvero fosse successo. Non esisteva internet allora, né gli smartphone. Tutte le linee di comunicazione erano interrotte.

Intorno a noi c'era solo polvere, e questa notte silenziosa in cui gli alberi, in totale assenza di vento, scuotevano le chiome oscillando come fuscelli mentre un rombo potente saliva dalla terra facendo sobbalzare le nostre schiene quasi fossimo in groppa a un cavallo selvaggio.

Tra una scossa e l'altra, regolare e intenso, dall'albero più vicino – un gelso – si levava il canto di un usignolo. Tutto era morte, tutto distruzione, eppure cantava come se nulla fosse successo. Per lui era tempo di trovare una compagna, di segnare il territorio. Solo questo gli interessava, non altro.

Mai come in quella notte sospesa ho avuto la lucida sensazione dell'assoluta indifferenza della natura.

La mattina dopo, con il mio cane che ero fortunosamente riuscita a salvare nella concitazione della fuga, ho raggiunto la stazione dei treni e da lì sono andata a Trieste dove viveva mia nonna. Indossavo ancora i vestiti della sera prima. Infradito, pantaloni corti e maglietta. Quel 6 maggio infatti era stato in Friuli un giorno di anomala calura estiva.

Tu invece hai vissuto per mesi in tenda.

Soltanto dopo le altre due grandi scosse del 15 settembre – quelle stesse scosse che fecero crollare la resistenza interiore di tutti – ti hanno fatto sfollare sulla costa a bordo delle corriere dell'esercito. Sei potuto tornare a Chiusaforte solo quando vennero consegnati i villaggi prefabbricati.

Il tuo si chiamava Campo Ceclis.

Per mesi, dopo il terremoto, ho sofferto di disturbi nervosi. Prima tra tutti, un'insonnia che non riuscivo a vincere in nessun modo. Mia nonna, preoccupata per il mio stato di prostrazione, mi portò da un vecchio medico condotto che aveva vissuto a lungo in una missione in Cina. L'agopuntura riuscì a placare la mia agitazione.

Abitava a Muggia e dalle finestre della sua casa si vedeva il mare. C'era penombra in quel salotto e, tra i libri, una testa del Buddha appena sfiorata dalla luce. Non parlavamo, io stavo in silenzio con gli aghi che oscillavano a ogni respiro.

Era giugno, il mare una distesa piatta e brillante su cui spiccavano in lontananza, minuscole come giocattoli, delle barche a vela.

Il mondo sembrava perfetto e, in quella perfezione, immutabile. Ma io ormai sapevo che non era così. Sapevo che non ci si poteva fidare più di nulla, che il male che devastava il cuore dell'uomo era capace di devastare anche il cuore della Terra.

Tutto era incerta apparenza, tutto era vanità.

Nello stesso autunno ho vinto una borsa di studio e mi sono trasferita a Roma per frequentare il Centro Sperimentale di Cinematografia, chiudendo dietro di me il grande portone che rappresentava per me il terremoto.

Al di là delle sue ante e dei suoi pesanti chiavistelli, c'era la mia infanzia, l'adolescenza, tutto quel mondo di dolore assoluto del quale non volevo sapere più nulla. Stava alle mie spalle chiuso, sigillato, a custodire una voragine che non mi riguardava più.

In quella nuova città c'erano le palme, l'aria era tiepida, le giornate non più segnate dal rigore, dalla cupezza e dalla crudeltà, quanto piuttosto da una distratta sventatezza mediterranea.

Avevo bisogno di quella sventatezza come l'ossigeno.

Niente orari, niente regole.

Ogni cosa era relativa, sostituibile.

Ogni cosa riparabile.

Passavo ore sugli autobus e sui tram per andare a Cinecittà e intanto leggevo i classici, circondata dal caos metropolitano e da selve di maniaci. Vivevo in camere in affitto, portando con me nei vari traslochi soltanto uno zainetto contenente poche cose.

Erano gli anni spaventosi del terrorismo e delle Brigate Rosse, ma erano anche anni attraversati da una grande effervescenza culturale. Vedevamo molti film, passavamo notti intere a discutere, a immaginare, a fare progetti, a sognare. Mi sentivo addosso l'enorme energia di un bambino appena nato.

E un po' era così.

A un tratto, il mio mondo si era capovolto. Io,

l'idiota, quella che non capiva niente, che rispondeva tardi, e molto spesso in modo sbagliato, l'oggetto di ludibrio di ogni professore indegno di questo nome, la ragazza a cui già fare la maestra sembrava una missione quasi impossibile e alla quale veniva suggerito che sarebbe stato meglio facesse la commessa, a un tratto, senza sapere assolutamente niente di cinema, aveva partecipato a un concorso nazionale e lo aveva vinto, sbaragliando centinaia di concorrenti.

Avevo appena diciotto anni.

Mi avevano chiesto di inventare delle storie davanti a delle immagini e io le avevo raccontate. La commissione non aveva affatto pensato che fossi un'idiota ma, invece, che avessi un talento straordinario.

18

Si può dire che, nascosta nei giorni, oltre alla trama oscura del destino, ne esista un'altra che va nella direzione opposta?

Il destino crea tutte le condizioni di ostacolo, dalla più piccola scocciatura fino alla tragedia. Però poi può succedere che, a un tratto, si riesca a evadere dalle sue maglie, entrando in una dimensione della vita totalmente sconosciuta e questa nuova trama, chiaramente benefica, è in grado di soccorrerci, di mostrarci la strada da intraprendere.

Perché è chiaro che, se anche tutto intorno crolla, non si può passare i propri giorni seduti sulle macerie, ma a un certo punto bisogna rimettersi in piedi, trovare una strada diversa lungo la quale incamminarsi.

Così, nella tua vita, i libri e le parole sono entrati in punta di piedi già alle medie, grazie alla professoressa Algozer che amava la precisione scientifica dei termini e che ripeteva con sottile disprezzo: «Tutto il resto è poesia».

Tutto il resto!

Tutto ciò che non si può misurare, definire, calcolare secondo i precisi e inappellabili criteri della scienza.

È stata lei, la fiera positivista, a illuminarti, a segnare il confine di quel mondo che sarebbe stato il tuo. Il mondo che, pur bambino, già intuivi avere dentro di te. Il mondo della faglia, degli squarci, dei profondissimi silenzi, della complessità che si fa nodo apparentemente impossibile da sciogliere.

Come in un iceberg, dove gran parte della massa è invisibile perché sta sotto la superficie del mare, così nel cuore dell'uomo c'è un continente sommerso che la scienza non potrà mai illuminare.

Quel continente è la terra in cui, a tratti, arrivano i bagliori del reale, di ciò che sta sotto, nascosto, occultato nella trita banalità dei giorni. Qualcosa di cui ogni essere umano, almeno una volta nella vita, intuisce l'esistenza.

È compito delle parole catturare questo istante, l'istante in cui il velo si lacera e fa vedere, almeno per un attimo, la luce accecante della verità.

Chi è il poeta se non qualcuno che ha in mano una lanterna e che, puntando un fascio di luce su un dettaglio, ci dice: «Guardate»?

Scrivere vuol dire questo.

Portare alla luce le cose nascoste.

Dunque tu hai scoperto le parole molto prima di quel 10 settembre 1983, quando, a un tratto, la tua vita è stata capovolta.

Erano già tutte dentro di te.

La lettura di *Moby Dick* – iniziata prima e continuata dopo quel tragico giorno – è stato il ramo cui ti sei aggrappato per uscire dallo stato di assoluta disperazione.

Così come i versi di Montale, *Sentire con triste meraviglia / com'è tutta la vita e il suo travaglio, in questo seguitare una muraglia / che ha in cima cocci aguzzi di bottiglia*, ti hanno indicato la strada da percorrere quando, nella tua nuova dimensione dell'invalidità, stavi tentando di affrontare daccapo la vita.

E cosa è stato quell'anno e più trascorso in ospedale, se non la grande scoperta delle parole? Nell'epoca dello *storytelling* e del tutto *easy* nessuno ha il coraggio di dire questo. La scrittura è una prigione che consente pochissime ore d'aria.

La camera di ospedale, con il davanzale coperto di libri, era diventata la tua cella monacale. Doverla lasciare per tornare all'esistenza quotidiana ti metteva in uno stato di panico.

Lo stesso panico che ho provato io quando mi è arrivato il telegramma: avevo vinto la borsa di studio del Centro Sperimentale di Cinematografia.

«Non ci vado!» ho esclamato subito, leggendolo.

Ero terrorizzata di dover andare in una grande città caotica come Roma, di dover frequentare un mondo, quello del cinema, per me ancora più spaventoso. Ma mia nonna fu irrevocabile: «Vai. E non si discute».

E così sono andata.

Quando si è giovani è lecito pensare che ci sia solo il caso dietro ogni avvenimento. Soltanto invecchiando e osservando gli anni alle spalle, ci si rende conto che tutto ciò che sembrava casuale, in realtà, non lo era affatto.

Una mattina d'estate del 1976 mi sono svegliata e ho capito che il mio compito era quello di raccontare storie. Non c'era niente di razionale in questo, eppure era una sensazione così forte da spingermi ad affrontare una prova per me così spaventosa come un concorso.

Ho sentito una voce dentro di me e le ho dato ascolto. Se non lo avessi fatto, la mia vita sarebbe stata drammaticamente diversa.

Nel tempo che viviamo, l'intera responsabilità della

vita cade sulle nostre spalle, come il mondo su quelle di Atlante.

Come saremmo più leggeri, meno tristi, meno cupi se accettassimo il fatto che ognuno di noi ha un destino che solo in parte dipende dalla nostra volontà.

 Vivere è un passo a due e, per capire la direzione da intraprendere, bisogna sapersi mettere in ascolto. È l'ascolto, infatti, il primo passo sulla strada della sapienza.

Ora che lo scrivo mi rendo conto che né tu né io abbiamo mai avuto un auricolare nelle orecchie, nessuna cuffia, nessuna playlist sul comodino. Non c'è stato un sottofondo musicale nei nostri giorni.

Sapevamo che niente doveva frapporsi tra il nostro udito e la silenziosa voce del cosmo.

Soltanto dopo i vent'anni anni ho iniziato a capire che la mia vita sarebbe stata segnata in modo profondo dalla scrittura.

Prima di metterlo a fuoco, stavo attraversando un momento di grande confusione. Non capivo più se dovevo raccontare storie con le immagini o con le parole.

Nel frattempo, avevo cominciato a lavorare e ritrovavo, nel mondo del cinema e della televisione, lo stesso stato di estraneità che avevo sperimentato nelle realtà precedenti. Mi alzavo alle quattro e scrivevo. Tornavo la sera a casa e continuavo a scrivere fino a notte fonda. Riempivo quaderni e quaderni di appunti, domande, riflessioni, sogni, furori.

Il mondo esterno per me aveva cessato di esistere.

Era forse un segno della follia ossessiva che mi attendeva al varco fin dall'infanzia, o era invece la strada che avrei dovuto imboccare?

Non riuscivo a rispondermi.

Lacerata dai dubbi, un'estate sigillai in un pacchetto quello che avevo scritto – credo fosse *Illmitz* – e lo spedii al poeta Biagio Marin. Era già molto anziano, cieco da tempo. Si fece leggere le mie pagine dalla figlia e mi rispose. Così, un giorno di settembre lo raggiunsi nella sua casa affacciata sul mare di Grado.

«Che cosa devo fare?» gli chiesi. «Lavorare per la televisione? Dedicarmi alle parole?»

Rimase un po' in silenzio, poi disse: «Lei descrive la natura in maniera straordinaria. La sua via è la poesia. Si dedichi solo a questo».

«Beato te!» ti dicevo spesso con un'allegra e benevola invidia. «Tu riesci, in pochi giorni di lavoro, a portare a termine un "compito", mentre io, per scrivere qualcosa di compiuto, ho bisogno di mesi e mesi.»

Che per scrivere prosa ci volesse «un fisico bestiale» te ne sei accorto tu stesso nella stesura di *Questa libertà*. Ti eri davvero molto affaticato, mi avevi detto, ma era stata una bella esperienza, tanto che pensavi di iniziare in tempi brevi un nuovo lavoro in prosa.

Ne avevamo parlato più volte, ricordi?

Tra tutti gli argomenti possibili che avresti voluto affrontare, quello che ti stava più a cuore era la «maestria», una scelta che condividevo con passione. Parlavamo del modellismo aeronautico, al quale ti applicavi per ore con gesti minimi e precisissimi, ma anche delle gerle che il vecchio Silvio intrecciava sotto i tuoi occhi a Campo Ceclis.

Qual è il senso della maestria?

Quale la via per raggiungerla?

E che senso ha, nella vita di un uomo, scegliere questa strada?

Nella tua luminosa casa di Cassacco ci interrogavamo spesso in merito.

Poi io ti raccontavo della mia ormai infinita stanchezza. Per la medicina cinese, ti dicevo, il lavoro continuo della mente logora l'energia della milza. Dopo tutti questi anni di scrittura, la mia milza è uno straccio senza più vita. Ormai mi sento fragile come se fossi fatta di carta velina, basta un minimo soffio d'aria, una goccia d'acqua per lacerarmi.

«Considero *La Tigre e l'Acrobata* il mio testamento» ti ho confessato un giorno. «Dopo questo libro, vedo per me un futuro di grande silenzio.»

E chissà, se non giungerà prima quello eterno, forse un giorno anch'io me ne andrò in giro leggera, con in tasca soltanto un piccolo taccuino e una matita.

Quanto desidero sfilarmi dalle spalle questa gerla che mi porto sulla schiena da quarant'anni! Questa gerla che tutti immaginano come una specie di cornucopia colma di cose meravigliose e che, in realtà, è carica soltanto di ceppi, sassi, cose pesanti.

«Non c'è niente che detesti come suonare il pianoforte» ha detto una volta in un'intervista Martha Argerich, la grande pianista. Nessuno più di me può capire l'apparente astrusità delle sue parole.

19

Da qualche giorno ho lasciato la mia casa, il mio studio, i miei alberi e il cane che, quando scrivo, dorme sospirando ai miei piedi. È un cane nero, piuttosto grande e intelligente, preso alcuni anni fa al canile.

Come tutti i cani, non pensa altro che alla quotidiana passeggiata con il padrone, i suoi sospiri regolari vogliono dirmi: E allora? Hai finito? Quando andiamo?

Il tempo compreso tra l'Epifania e il mese di febbraio è un periodo di solito piuttosto triste per me. Il fasto delle foglie autunnali si è trasformato in poltiglia ai piedi degli alberi. I rami sono ancora spogli, l'erba dei prati appiattita e spenta.

Le rane, i rospi e le raganelle dormono, così come le

bisce che ai primi tepori saetteranno sul pelo dell'acqua. A parte le cinciallegre, che non si perdono mai d'animo e spesso vengono davanti alla mia finestra a chiedere del cibo, gli altri uccelli, i merli, i pettirossi, gli scriccioli, vivono nelle retrovie. Appaiono e scompaiono silenziosi tra i grovigli del biancospino e quelli delle rose cibandosi delle ultime bacche per poi acquattarsi timorosi tra i cespugli, in attesa che la luce cambi e venga finalmente il tempo di spiegare i loro canti.

Tutto è immobile e, su questa immobilità, scende la nebbia. Una nebbia caparbia, densa, nella quale compaiono soltanto le sagome scure degli alberi.

Dopo qualche giorno di malessere e di inquietudine, ho capito che quella nebbia mi stava opprimendo e gettava ombre sempre più cupe nella mia mente e nel mio cuore.

Così un giorno ho deciso di partire, di andare in alto dove la nebbia non avrebbe potuto raggiungermi.

Da anni vengo a trascorrere un periodo invernale in un piccolissimo paese dell'Alto Adige. Varie volte ti ho chiamato da quassù per raccontarti della neve, del silenzio notturno del bosco, del rumore del torrente che, nell'oscurità, scorre con mormorìo leggero sotto le lastre di ghiaccio.

L'inverno passato di neve ce n'era pochissima, qualche chiazza bianca e solitaria tra il marrone scuro dei prati invernali. «Qui è tutto un deprimente pantano» ti dicevo al telefono.

Adesso invece, appena alzo gli occhi e guardo fuori dalla finestra, vedo il paesaggio che abbiamo sempre sognato.

Tutto è coperto di neve – i tetti delle case, gli alberi, le staccionate, le cataste di legno. I pendii della valle sono un'unica distesa scintillante.

Quando esco a camminare, la neve scricchiola sotto i miei piedi e nelle ore più calde cade dai rami degli abeti con tonfi leggeri.

Come vorrei che tu fossi ancora qui con me, come vorrei poter ancora alzare il ricevitore e chiamarti!

A dire il vero, in questi mesi mi è capitato di sentirti parlare in un programma radiofonico, ma mi sono subito avventata sull'apparecchio per spegnerlo. Non voglio sentire la tua voce riprodotta, nessun nastro registrato sostituirà mai ciò che è rimasto nella mia memoria.

Se devo sentire la tua voce – e ancora la sento – è nella profondità della mia anima e non in una bobina magnetica.

Ricordo ancora quando mi hai chiamato per leggermi la poesia che avevi appena scritto dedicata a tuo zio e all'attraversamento della notte.

Mi trovavo a Cecina, avevo da poco incontrato dei bambini delle scuole locali.

Era il crepuscolo.

Stavo prendendo un aperitivo con altre persone sulla spiaggia.

Appena ho visto che eri tu, mi sono allontanata per andare a sedermi su un pattino tirato in secca e lì ho ascoltato le tue parole.

Erano sere dove ancora tiepida
l'architrave teneva dentro l'estate, al limite dell'aia
e nell'odore di pollame e terra battuta,
nel rimasticare dei conigli in gabbia,
nel velluto del volo dei pipistrelli bassi sul granaio,
niente, nemmeno stringermi alla mole dello zio
mi strappava ai soprassalti trascorsi con le coperte
   a fior d'occhi
guardingo come un Adamo appena sceso dall'albero,
perso nell'erba alta, mentre la notte si avvicinava
con il passo di fiera.

In quei giorni, il Maligno era ancora lontano, eravamo convinti di avere tanto tempo per noi. Tempo per stare insieme, per vederci, per parlare al telefono, per raccontarci storie di coccinelle e di api, di neve e di ghiaccio, di vento e di tramonti opachi, di notti stellate.

Gli anni della nostra amicizia sono stati per me gli anni della grande libertà. La libertà di essere così come sono, senza le finzioni che richiedono le persone grandi, quelle a cui nulla importa delle coccinelle e che sanno sempre dove andare, cosa fare, che hanno sempre uno scopo da raggiungere.

Persone che non si ecciterebbero come noi all'idea di mangiare una pizza fatta in casa né saprebbero gioire per la semplice presenza di una cincia fuori dalla finestra.

Ricordi quando ti raccontavo le mie esperienze con i giornalisti? Ascoltandomi, alzavi le sopracciglia e rimanevi interdetto, come un bambino in ascolto di una fiaba raccapricciante. Eri rabbrividito in modo particolare quando ti avevo riferito la frase di una giornalista molto famosa al termine di un'intervista: «Sarà felice adesso di aver raggiunto quello che tutti desiderano?».

«Che cosa desiderano tutti?» avevo domandato perplessa. «Non ne ho davvero idea.»

«È evidente. Andare a cena con i politici.»

Andare a cena con i politici?

A chi mai poteva venire in mente un'idea così folle?

«Veramente non l'ho mai desiderato» le ho risposto con stupita semplicità.

«Bugiarda! Tutti desiderano avere rapporti con il potere, solo che non hanno il coraggio di confessarlo.»

A questo punto dell'orrida fiaba ti sei sfregato gli occhi incredulo, dicendo: «Ma come è possibile?».

Tra le nostre favole nere c'era anche quella della giornalista che, appena seduta di fronte a me, aveva esclamato: «Ma lei lo sa che ha pessimo gusto nel vestirsi? Guardi che scarpe orrende! Dove le compra?». Per poi continuare, guardandosi intorno: «Come fa a vivere in posto così squallido e triste?». Vivevo già in campagna. «Perché non se ne va a New York?»

Queste erano le ciliegine sulla torta. Il pan di spagna che le reggeva aveva ben altro spessore. Negli anni del grande successo ero considerata una persona furba, ignorante, avida di denaro che aveva turlupinato i suoi lettori con dell'immondizia che squalificava per sempre l'alto livello della letteratura italiana.

Bisognava deridermi dunque, smascherarmi, ridicolizzare, mettere in guardia le persone dal rischio di degrado che correvano abbassandosi a leggere i miei libri.

Ricordi che ti avevo raccontato di come fossi stata incoronata come principessa del Regno della Spazzatura già all'asilo?

Ecco, era un'incoronazione profetica.

Quando la vita è diventata pubblica il cassonetto è diventato una voragine senza fondo. Le persone intuivano che vivevo in un'altra dimensione, che non condividevo il loro cinismo, dunque non si rischiava davvero nulla a riversarmi addosso ogni nefandezza. Anzi, vuoi mettere la soddisfazione di dire la verità? Vuoi mettere l'importanza di mostrare al mondo l'acutezza della propria intelligenza?

Anche tu avevi i tuoi sottili detrattori, mi avevi raccontato, persone che, in fondo, pensavano che la tua fama derivasse in gran parte dall'handicap.

Il voler legare il valore della tua poesia alla tua inabilità ti faceva giustamente infuriare.

L'essere un poeta, esente dal successo dei grandi numeri, ti ha preservato dalla derisione di quello che, una volta su un giornale, ho osato chiamare «il mandarinato dei mediocri». In qualche modo, anche la tua sedia a rotelle è stata una piccola trincea, capace di arginare le persone invidiose, risvegliando in loro un residuo di pudore.

Ma tanto le ruote di gomma della tua sedia si sono erte a difesa della tua fragilità di poeta, altrettanto il mio invisibile limite si è comportato come una calamita con la polvere di ferro, attirando tutta la negatività che c'era intrno.

20

Soffro della sindrome di Asperger, è questa la mia invisibile sedia a rotelle, la prigione in cui vivo da quando ho memoria di me stessa.

La mia testa non è molto diversa da una vecchia motocicletta. In certi momenti la manopola del gas va al massimo, in altri le candele sono sporche e il motore si ingolfa.

Dentro di me ogni mattina apparecchio una tavola. C'è molto ordine nel mio disporre le stoviglie, prima il piatto, poi il bicchiere, il pane, le posate ai lati, in mezzo al tavolo la brocca dell'acqua, magari vicino un piccolo vaso con un fiore. Poi qualcuno, all'improvviso, dà un violento strattone alla tovaglia e tutto vola a terra con gran frastuono di metallo, cocci e vetri.

Basta un minimo rumore, un evento imprevisto e dentro di me si scatena il disordine.

E con il disordine la disperazione.

Sbatto allora la testa contro il muro. «Non capisco più niente!» ripeto, gridando. Tutto in me si fa buio. Non so più da che parte cominciare a rimettere tutto a posto.

La pazzia intravista già all'asilo non era che questa. Vivevo – e continuo a vivere – in un mondo che è solo mio. E questo mondo ha leggi che nessun altro è in grado di capire.

All'epoca della mia infanzia simili disturbi non si conoscevano. Nel migliore dei casi venivo considerata una bambina strana, prigioniera di una timidezza patologica. Non dormivo, non parlavo, non guardavo mai negli occhi.

Le cose che facevano gioire gli altri bambini mi lasciavano indifferente. Avvenimenti di cui gli altri bambini neppure si accorgevano mi provocavano strazi interiori.

I miei capricci erano capricci metafisici, privi di oggetto. Mi buttavo a peso morto per la strada e mia madre era costretta a trascinarmi per un braccio. Diventavo rossa, viola, le vene della fronte gonfie, pronte a esplodere. Gridavo con quanto fiato avevo in corpo, mi divincolavo come un'indemoniata in preda a una rabbia fuori controllo.

A queste crisi seguivano lunghi periodi di quiete atarassica. Il tempo necessario per apparecchiare nuovamente la tavola.

«Morirai sola come un cane!» gridava ogni tanto mia madre, esasperata dai miei comportamenti.

Povera mamma, oltre a un primo marito più che disgraziato e un secondo psicopatico oltre che alcolista, ha avuto anche una figlia che era come una cassaforte di cui nessuno conosceva la combinazione. In un tempo poi in cui ai bambini era posta un'unica opzione – obbedire – come si deve essere vergognata di quella figlia fuori controllo, totalmente indenne dalla logica correttiva del castigo.

Prima di morire mi ha regalato una scatoletta di legno con un cuore inciso sopra. Quando l'ho aperta, ho trovato al suo interno un biglietto scritto di suo pugno: «Ti voglio bene anche se non ti ho mai capita».

Tutta la vita ho lottato contro la complessità dei miei disturbi, contro gli enormi ostacoli che disseminavano – e continuano a disseminare – nei miei giorni.

Per decenni mi sono colpevolizzata per non riuscire a essere come gli altri, per non essere in grado di affrontare cose che le altre persone consideravano normali. Avendo una profonda capacità introspettiva, non riuscivo a capire dove fosse il punto di frattura.

Ero perfettamente consapevole di tutti i grandi

traumi e di tutte le carenze della mia infanzia, eppure non riuscivo a trovare in questi la luce capace di illuminare i miei disturbi.

Intorno ai trent'anni, spinta dai miei amici, sono persino andata da uno psicanalista. Dico «persino» perché finanziariamente non avrei potuto permettermelo.

Ho scelto quello che allora era considerato uno dei maggiori luminari. Abbiamo parlato per un'ora intera poi mi ha detto: «Per me sarebbe meraviglioso fare l'analisi con lei, ma non ne ha alcun bisogno. La sua lucidità è assoluta. Non posso portare via tempo prezioso a pazienti che ne hanno necessità».

E questo è il grande, terribile paradosso.

Sono una persona estremamente equilibrata costretta a convivere con una persona che non lo è affatto.

Verso i quarant'anni, i disturbi si sono aggravati e così è iniziato il mio girovagare tra i neurologi. Alcuni problemi erano rinconducibili a un importante trauma cranico avuto nell'infanzia, ma tutto il resto?

Facevo domande a cui nessuno riusciva a rispondere.

Perché i rumori mi fanno impazzire?

Perché le facce mi fanno paura?

Perché gli imprevisti mi terrorizzano?

Perché ho sempre paura di sbagliare comportamento?

Perché non capisco quello che gli altri vogliono da me?

Perché da sempre mi sento come un insetto prigioniero di un tubo di vetro?

Perché il tempo per me scorre in modo diverso dalle altre persone?

La risposta non può essere spiegata con la psicologia. Non sono fobica, non sono ansiosa, non sono depressa, non sono ossessiva, eppure tutte queste condizioni si alternano regolarmente dentro di me.

Dato che ho un carattere molto forte e stabile, riesco spesso a vincere, ma il risultato di questa silenziosa battaglia è una condizione di perpetuo sfinimento.

«Ma come è possibile? Sei già stanca? Per così poco?» è sempre stato l'incredulo e un po' irritato leitmotiv di chi mi stava accanto.

Ora lo posso dire.

Provo una stanchezza quasi mortale.

Sessant'anni di finzione senza essere un attore.

I gesti normali delle persone, quelli che vengono compiuti quasi inconsapevolmente, per me sono dei piccoli Everest quotidiani. Conquiste faticose, che avvengono tutte in un riservato silenzio.

Andare al ristorante, incontrare persone nuove in ambito professionale, fare o ricevere una telefonata, dormire in albergo in una camera che non conosco, prendere un treno pieno di gente, affrontare le ore di prigionia di un aereo.

Un giorno, una neurologa mi ha detto: «Lei è così istintivamente sana da avere trovato da sola tutte le cose che le permettono di raggiungere una condizione di equilibrio».

E che cos'è che mi permette di sopravvivere alla fragilità dei miei giorni?

Tutto ciò che è limitato, ripetitivo, stabile.

Tutti i mondi in cui quello che accade è chiaro, senza possibilità di fraintendimenti.

Praticare arti marziali, osservare le api, suonare il pianoforte, raccogliere quasi ossessivamente vecchie biciclette, passare ore a curarle per il senso di estatica meraviglia che provo davanti alla loro meccanica perfetta. Vivere tra la mia stanza e il giardino, tra lo studio e il frutteto. Vivere circondata da animali – esseri innocenti con i quali non si può non capirsi – e da poche persone che mi accettano come sono.

Ho avuto anche la fortuna di poter costruire intorno a me, nel corso degli anni, un mondo a mia misura. Gli anni in cui ho avuto un lavoro normale, seppur precario, sono stati anni in cui sentivo la morte vicina. Ogni mattina, mi svegliavo disperata. I fine settimana li trascorrevo chiusa in casa con terribili dolori alla testa.

Le persone con questa sindrome vivono immerse in un innato candore. Non sono capaci di immaginare il male nelle persone con cui entrano in relazione, non comprendono le loro intenzioni e questo ci rende le vittime naturali di ogni bullo, di ogni sadico e di ogni pervertito.

La nostra intima, inerme fragilità istiga il tribale predominio del gruppo. E il modo in cui questa forza si manifesta è quello cieco e perverso che nasce dalla zona d'ombra che ogni essere umano custodisce nel profondo del proprio cuore.

Dalla cinica derisione del diverso ai cancelli di Auschwitz che si spalancano. Tutto nasce da lì, da quella macchia congenita della cui esistenza la maggior parte delle persone, sedotte da Rousseau, sembrano ormai essersi dimenticati. E grata di questo oblìo, la macchia si dilata, si estende, inghiotte quasi ogni realtà che ci riguardi.

La sindrome di Asperger – come tutte le sindromi autistiche – non dipende dall'inconscio o dalle eventuali carenze dei genitori, ma piuttosto da un incrocio perverso di chimica, genetica e sfortuna. Sebbene non sia ancora chiara l'origine di questo disturbo neurologico, pare che un ruolo di rilievo – oltre le eventuali complicanze al parto e l'ereditarietà – lo rivestano i metalli pesanti che vengono catturati dalla membrana cerebrale quando il bambino è ancora nella pancia della mamma.

Mia madre, mia nonna e la mia bisnonna sono vissute accanto a uno stabilimento siderurgico che emetteva senza sosta dense nubi di scorie dalle sue ciminiere. Ferro, cobalto, nichel.

Io sono la conseguenza di tutte quelle nubi tossiche. Io stessa, per me stessa, sono spesso una nube tossica.
Ma in questa tossicità non c'è alcuna forma di nevrosi. La mia, come tu sai, è una vita equilibrata, capace di ascolto, ricca di rapporti stabili e profondi.
Se io fossi una persona malata nell'animo, invece di costruire intorno a me realtà positive, avrei seminato soltanto infelicità e distruzione, come hanno fatto i miei genitori.

Date queste premesse, posso ormai dichiarare che i trent'anni di presenza pubblica sono stati per me un vero incubo. Amare la penombra, il silenzio ed essere sempre sotto i riflettori.
Riflettori malevoli, manovrati dai «professori» della mia vita adulta. Quelli che mettevano -17, quelli che scrivevano sotto in rosso: *Non si capisce niente!* Sei un bluff, una finzione, il prodotto di un'astuta macchinazione!
«Tra dieci anni nessuno si ricorderà neppure che la

Tamaro sia esistita!» sentenziava una delle voci più autorevoli della critica italiana, vent'anni fa.

E i professori applaudivano.

-18, -19, -25 ...

A che punto si ferma la caduta?

Avere davanti a sé una telecamera e non capire a che gioco si sta giocando. Vedere una persona seduta di fronte a me che fa domande e scrive, illuminata dall'unica luce della malignità e che, grazie a quella luce, riporterà parole mai uscite dalla mia bocca.

E di parola in parola la valanga del fraintendimento cresce e rotola giù, aumenta di metro in metro, sradica alberi, travolge case, distrugge per sempre il mio candore.

Tanto ho detestato incontrare i giornalisti malevoli, altrettanto ho amato incontrare il mio pubblico, le tante persone che hanno letto i miei libri e hanno condiviso la loro sensibilità con la mia.

Se non avessi avuto questo problema neurologico, avrei potuto affrontare un numero infinitamente più alto di presentazioni e conferenze ma, di tutte quelle che sono riuscita a fare, non ce n'è una sola di cui io non abbia un bellissimo ricordo.

Perché, tra tutti i paradossi, c'è anche questo. Nessuno, vedendomi in pubblico, credo si sia mai reso conto della grande battaglia che si combatteva al mio interno. Tutti i miei incontri sono sempre stati veri incontri e mai il succedersi monotono di una routine promozionale.

È anche questo uno dei maggiori motivi di sofferenza. Avere un carattere solare, curioso degli altri, amante del dialogo, e una sindrome che mi spinge invece sempre in un angolo, nell'unico luogo dove la mia mente e il mio corpo trovano pace.

È stato difficile reggere il peso del successo ma forse, in qualche modo, la mia sedia a rotelle interiore ancora una volta mi ha protetta, impedendomi di venir risucchiata in quel bagno di irrealtà.

E poi il successo mi ha permesso di risolvere un punto molto critico della mia sopravvivenza, quello economico. Fino ad allora, avevo vissuto in una situazione di gravissima precarietà. Le persone come me, infatti, hanno un problema. Possono lavorare molto bene ma non sono in grado di gestire i rapporti umani che girano intorno al mondo professionale.

La vita sentimentale è stata l'altro punto critico.

Le fortunate volte in cui cominciavo una storia, per i primissimi tempi andava tutto bene. Poi però, quando si doveva entrare nella concretezza della quotidianità, le cose andavano a rotoli. Il mio comportamento inesorabilmente deludeva la persona che mi stava accanto. Ma io non ero in grado di capirlo e così la relazione si spegneva come un fuoco che non veniva più alimentato e le storie finivano senza che riuscissi a capirne la ragione.

A un certo punto ho incontrato la persona con cui avrei voluto passare il resto della mia vita. Con il tempo e con un grande dolore, però, ho dovuto tirarmi indietro perché mi sono resa conto che tutto quello che giustamente lui desiderava da me – la vita in comune, i figli, una normale e appassionata vita di coppia – non sarei mai stata in grado di darglielo.

Ma come il destino è in grado di metterti una pietra al collo, così altrettanto il suo lato benefico – che una volta si chiamava Provvidenza – ti viene incontro, offrendoti l'antidoto.

Dopo i trent'anni mi sono ammalata di una grave asma allergica e ho dovuto lasciare Roma. Ho conosciuto così una persona che affittava una stanza nella sua casa in collina.

Dalla praticità di quella semplice condivisione sono passati trent'anni e viviamo ancora insieme.

Come tu sai, il rapporto tra me e Roberta, la nostra cara «badante elettronica» come tu scherzosamente la chiamavi, è un legame profondo e molto particolare. Viviamo una vita piena di allegro disordine e aperta agli altri. In questi anni abbiamo accolto, per periodi brevi o lunghi, molte persone nella nostra casa, abbiamo aiutato dei bambini a diventare grandi. Alcuni sono tornati nei loro Paesi, altri vivono ancora con noi e ora ci godiamo la seconda generazione nata sotto il nostro tetto.

Che cosa c'è di più bello che aiutare le persone a crescere? Si sfugge all'ossessività soffocante dei rapporti soltanto aprendosi al mondo esterno.

Nella quotidianità, io gestisco le attività interne della casa, orto, frutteto, api, mentre Roberta, essendo milanese e dunque concreta, si occupa delle infinite rogne burocratiche del mondo esterno. Tu sai che, da sola, il massimo che potrei gestire sarebbe un camper!

Senza la sua pazienza, senza la sua attenzione materna, senza la sua capacità di spiegarmi sempre quello che sta succedendo intorno a me, non avrei mai avuto la serenità sufficiente per scrivere, né mai sarei riuscita a sopravvivere alle difficoltà della mia sindrome e a tutto l'odio e il disprezzo che per anni mi sono stati lanciati addosso.

Ma, ancora una volta, questa convivenza ha scatenato su di me il più banale dei cliché. Devo per forza essere sempre ciò che gli altri vogliono che sia, e non ciò che davvero sono. Bloc-notes in mano, piedino che batte impaziente, sopracciglio alzato in una sdegnata meraviglia.

«Allora? Perché non si decide a fare outing?»

Allora sì, finalmente outing lo faccio.

Io vivo con un'amica perché ho la sindrome di Asperger e ho bisogno di qualcuno che, con affetto e intelligenza, mi aiuti a sopravvivere alla complessità dei miei giorni.

Per tutta la mia vita ho avuto un'amica speciale accanto perché, alla fine, la mia sedia a rotelle interiore non mi rende molto diversa da un cieco. Per andare avanti devo appoggiarmi alla spalla di qualcuno, chiedere quasi ossessivamente «Cosa succede? Dove stiamo andando?». E soltanto una donna, per lo spirito oblativo che c'è in lei, può avere questa infinita pazienza.

Se ho un aspetto androgino è per la stessa ragione. Perché le sindromi dello spettro autistico sono in maggior parte maschili e, quando colpiscono una ragazza, portano con sé una predominanza di tratti maschili.

Sobrietà, assenza di emotività viscerale, totale estraneità a tutti i tipi di seduzione e frivolezza femminile.

Pensiero maschile, ma non mascolinità.

Quanto ho sofferto nella mia infanzia e nella mia vita adulta per questo. «Sei un maschio o una femmina?» mi chiedevano già ai giardinetti gli altri bambini. Domande derisorie, arroganti.

Da che parte stai?

Chi sei?

Non sei né di qua né di là.

Non sei niente!

Quanti sensi di colpa perché, invece che da principessa, volevo vestirmi da cowboy! E anche perché nell'adolescenza non provavo alcun interesse per tutto quello che di solito appassiona le adolescenti. Né trucchi, né minigonne, né sussurri intriganti.

Ero un cowboy e sapevo che lo sarei stata per sempre. Sul pianeta della seduzione non sono mai sbarcata. Sono addirittura arrivata al paradosso di venire insultata da un gruppo di giovinastri mentre camminavo mano nella mano con il mio ragazzo.

Ci avevano scambiato per una coppia gay.

Quando leggo che un ragazzo, o una ragazza, si uccide per questo tipo di persecuzioni provo una pena profondissima.

Che cosa vuol dire normalità?

E perché ciò che non è normale secondo i canoni ammessi suscita tanta rabbia persecutoria?

Essere diversi non è una volontà ma è una natura che si ha o non si ha. E molto spesso essere diversi vuol dire una cosa sola, essere più sensibili. E la sensibilità, o ancora meglio l'ipersensibilità, ha un grande difetto. Va sempre a braccetto con la fragilità. È proprio questo che eccita l'ottusità del branco che vuole distruggere con la forza tutto ciò che turba il suo limitato orizzonte.

Scoprire, dopo quasi sessant'anni, che la mia sedia a rotelle interiore aveva un nome e che quel nome illuminava tutto ciò che mi aveva tormentato dai tempi dell'asilo è stato il momento più liberatorio della mia vita.

21

Oggi, passeggiando nella neve, mentre i raggi del sole sfioravano la sua superficie facendone brillare i cristalli, ho pensato che la luce emanata dalle ali degli angeli non deve essere poi molto diversa.

Quante volte abbiamo parlato di loro, nei mesi della lotta con il Maligno!

Al telefono, mi chiedevi incerto: «Sono con me? Li vedi? Stai parlando con loro?».

«Non ti accorgi che sei coperto di piume?» ti dicevo. «Persino il pavimento è bianco, come se avesse nevicato intorno al tuo letto.»

Quanto tempo è durata la battaglia?

Un anno, forse un po' meno, ma il tempo interiore è stato infinitamente più lungo. Sapevi di avere di fronte a te un nemico implacabile e avevi deciso di combattere. Speravi sempre, fino all'ultimo istante, che le forze messe in campo – l'amore e la passione per la vita, prima di tutte – fossero in grado di sconfiggerlo.

Già dall'estate prima non stavi bene. Febbri e infezioni a ciclo quasi continuo. Gli antibiotici erano armi sempre più scariche. Alcuni non funzionavano, altri non potevano essere usati per le tue allergie. Verso l'autunno si è cominciato a sospettare qualcosa di diverso. Quando poi è arrivata la diagnosi, io ero a letto con l'influenza. Ricordo le lacrime calde che non riuscivo a fermare sotto il piumone.

Appena ho potuto, sono venuta a trovarti all'ospedale di Tolmezzo. Immaginando una lunga degenza, ti ho portato in regalo il magico tablet. Quando poi sei stato trasferito a Padova per l'intervento – soltanto lì ti veniva garantita l'eccellenza in grado di affrontare una situazione complessa come la tua – ti ho raggiunto anche lassù.

Il Monoblocco!

Già solo a sentirlo, questo nome metteva terrore. Veniva chiamata così l'ala dell'ospedale che ti ospitava. Con la mia solita sventatezza, ho vagato parecchio prima di trovare il piano, il reparto, la tua stanza. C'erano almeno sei letti.

Il tuo era in fondo a destra, vicino alla parete.

Avvicinandomi, ho subito colto nei tuoi occhi una profondissima disperazione. Stavi lì ormai da giorni, ridotto a un mero numero. L'ospedale non era attrezzato per la degenza di persone con le tue fragilità, il decubito era in agguato e Nadia, la ragazza che ti accudiva, aveva il raffreddore. Stava lì accanto a te con la mascherina sul volto e un'espressione avvilita. Erano passati varie volte i luminari, con il loro codazzo di camici svolazzanti, ma per loro non eri altro che un numero, appunto, oltre al tuo organo malato.

In quell'occasione, ti avevo portato in regalo un libro che avevi lungamente desiderato da bambino. *Il Manuale delle Giovani Marmotte.* Ti eri messo subito a sfogliarlo con la passione degli otto anni. *Come costruire una capanna. Come fare segnali con le bandierine. Come seguire la traccia di un animale selvatico.* Poi Nadia era andata a riposarsi in albergo ed eravamo rimasti soli.

I tuoi occhi erano quelli di Iqbal. Occhi di tutti i miti, gli umili, i poveri a cui viene negata l'umanità.

«Come si fa a trattare le persone così?» mi avevi chiesto.

«Non lo so» ti avevo risposto. «Credo che ci sia di mezzo il potere. Chi vive difeso dalla sua forza non è in grado di comprendere e accogliere la fragilità.»

«Sì, deve essere così» avevi concluso pensieroso.

Poi avevamo cominciato a scherzare tra noi, attribuendo alle persone che lavoravano all'ospedale nomi fiabeschi. Il Sultano, il Gran Visir, il Gran Ciambellano. E avremmo poi continuato a chiamarli così anche nelle nostre conversazioni telefoniche.

È stata quella la mattina in cui abbiamo parlato per la prima volta degli angeli?

Penso di sì.

«Tu che ne conosci molti» mi hai detto a un certo punto «puoi invocarne qualcuno in mio aiuto?»

«Certo» ti ho rassicurato. «D'ora in poi, ci sarà un continuo fruscio d'ali intorno a te.»

Hai sorriso debolmente. Il tuo sguardo era già molto stanco. Allora mi sono alzata e ti ho baciato sulla fronte, lasciandoti solo in quel triste angolo del Monoblocco.

Sono tornata a Padova qualche settimana dopo, quando avevi cominciato a riprenderti dall'operazione. Stavi sempre al Monoblocco ma avevi cambiato stanza. Due letti soltanto e, dalle tue finestre, si vedeva la cupola della basilica del Santo.

Il clima era nettamente cambiato intorno a te. Con la tua pazienza e il tuo sorriso, eri riuscito a suscitare l'allegra complicità delle persone che ti stavano intorno. L'intervento era andato bene, non aveva avuto complicazioni. Sembravi sereno, stavi seduto tra i cuscini con una nuova luce negli occhi.

Mentre ero lì, è arrivato il chirurgo che ti aveva operato e abbiamo parlato brevemente. I giorni a venire sembravano annunciarsi come una strada dritta, priva di ombre.

Quando poi siamo rimasti soli, mi hai raccontato del gravissimo attacco di panico che ti aveva colto al risveglio dall'anestesia.

Ti sentivi perfettamente cosciente, mi hai detto, solo che le tue braccia erano paralizzate, come le gambe. Le parole non riuscivano a uscire dalla bocca, volevi urlare ma, oltre a un disperato silenzio, non eri in grado di produrre alcun suono.

Avevi creduto di impazzire dal terrore.

Soltanto più tardi, quando avevi cominciato a recuperare le tue facoltà, ti avevano spiegato che si era trattato di una conseguenza del curaro usato per l'anestesia. Quel veleno, che gli indios usavano per paralizzare le loro prede, provoca infatti lo stesso effetto in chi si sveglia dopo un un lungo intervento.

Eri allegro, comunque, i tuoi occhi brillavano di speranza. La sapiente lama di un chirurgo aveva reciso il male. Il Gran Visir si era trasformato in un paladino e ti aveva liberato dal sortilegio che ti teneva prigioniero. Senza quel reticolo di morte dentro, ti sentivi nuovamente libero di lanciarti in progetti per il futuro.

In treno avevo letto la storia di Carlo Acutis, un ragazzo di Milano stroncato a quindici anni da una leucemia fulminante, la cui fama di santità si stava già misteriosamente diffondendo in tutto il mondo. Avevi voluto vedere la sua foto.

«Che cos'ha fatto di speciale?»

«Di speciale niente» ti avevo risposto «nessun miracolo, nessuna attitudine strabiliante. Andava a scuola, era appassionato di computer, aveva molti amici, amava i cani. Viveva immerso nella luce del Risorto, era questo forse a dargli una grande libertà.»

«Che tipo di libertà?»

«Quella che ognuno di noi dovrebbe avere. Essere partecipi a tutto, senza essere prigionieri di nulla.»

«Che cos'è la santità?» mi avevi domandato dopo una pausa, senza distogliere gli occhi dal volto di quel ragazzo.

Mi ero alzata per togliermi il maglione. Nella stanza faceva un caldo terribile.

«Forse soltanto mettersi in ascolto» ti avevo poi risposto, tornando vicino a te.

Il silenzio era calato tra noi.

A un tratto, con lo sguardo improvvisamente serio, mi avevi sussurrato: «Appena torno a casa, voglio riprendere ad accostarmi all'Eucarestia».

Non c'era paura né un umano bisogno di conforto nelle tue parole.

Piuttosto il ricomporsi di una visione.

In sottofondo, si sentiva il rumore del carrello delle vivande che si avvicinava per il pranzo.

«Sarà una bella cosa» avevo commentato. «Che cos'è quel piccolo pezzo di pane se non una tenda? Lì l'Eterno scende ad abbracciare il Tempo. E di questo abbraccio abbiamo tutti un estremo bisogno.»

Un velo di spossatezza era sceso sui tuoi occhi, mentre il tempo della mia visita stava per scadere. Era arrivato il mio amico Maurizio a prendermi per riaccompagnarmi al treno.

Ti ho lasciato assopito con l'espressione serena di un bambino perso tra il bianco dei cuscini.

Nel lungo viaggio verso casa, attraversando il grigiore invernale della pianura veneta, ho ripensato agli angeli. Chi si sogna più di invocarli?

Kokabiel, Uriel, Leliel, dove siete?

Chi mai ricorda i vostri nomi?

Nel caldo torpore del treno mi sono appisolata e, nel dormiveglia, ho avuto una visione. Invece della scala di Giacobbe davanti a me è comparsa la sala di aspetto di una stazione abbandonata.

La luce era quella di certe stazioni dell'Est Europa della mia giovinezza. Ad attendere un convoglio che non sarebbe mai passato c'era una moltitudine di angeli. Angeli con le ali ormai flosce, coperte di polvere. Angeli sdraiati, seduti, appoggiati al muro. Angeli senza più lavoro. Testimoni della Creazione di cui nessuno aveva più bisogno. Soccorritori a cui veniva negato il soccorso.

Come sono tristi gli angeli in attesa, ho pensato, tornando alla realtà. E com'è desolatamente triste questo mondo che non ha più bisogno di loro.

Nei mesi seguenti i nostri contatti sono stati soltanto telefonici. Erano cominciati i cicli della chemio e le poche energie che ti rimanevano le conservavi per sopravvivere all'impatto che avevano sul tuo corpo. È stato un vero e proprio calvario. Purtroppo quello che io speravo, che tu speravi, cioè che il corpo piano piano si abituasse e soffrisse un po' meno, non si è mai avverato.

Non solo.

In poco tempo il Maligno, infiltrandosi tra i vasi sanguigni e linfatici, si è ripresentato da un'altra parte, più arrogante e vitale che mai. Le sue cellule anarchiche – che non sanno fare altro se non riprodursi e distruggere – realizzano il loro trionfo, la loro invincibilità immortale, proprio nelle metastasi.

«È astuto, astutissimo» mi ripetevi al telefono con voce molto stanca. «È davvero il Maligno. Corre ovunque. Cambia le carte in tavola durante la partita. Non rispetta nessuna delle regole che si erano stabilite. È il male puro, assoluto.» Poi, con le ultime forze, mi domandavi: «E gli angeli? Ti occupi sempre di tenerli svegli?».

«Certo! Se si assopiscono, li caccio dal battaglione» ti rassicuravo, con il tono imperioso di un sergente dei marines.

22

Questo libro è l'ultima pietra che portavo nella mia gerla, la più pesante, quella che era rimasta sul fondo. Ho dovuto infilare il braccio dentro, cercarla nella parte più buia, nascosta tra le foglie.

Tra tutti i libri che ho scritto questo è stato l'unico di cui, fin dall'inizio, conoscevo la fine. Non c'era sorpresa possibile, né colpi di scena, né vie di fuga.

La fine era la parola «morte», scritta accanto al tuo nome, Pierluigi Cappello, scandito come negli appelli a scuola. Appello al quale tu non avresti potuto più rispondere: «Presente!».

Hai trascorso il tuo ultimo anno sempre a letto, fissando il soffitto e l'ippocastano dai fiori rosa fuori dalla finestra, oppure la televisione che ti avevano regalato le tue ammiratrici, oltre ai soffitti e ai modesti panorami degli ospedali in cui via via sei stato ricoverato.

A volte ti chiamavo e scoprivo che stavi guardando un documentario che avevo appena visto anch'io. Così commentavamo insieme le scene che ci avevano colpito. Quelli di geologia erano i nostri preferiti. La vita dei vulcani, con le loro esplosioni, le colonne di fumo, la terra che, a un tratto, manifesta il suo cuore incandescente con colate di lava simili a onde del mare. O, al sicuro nelle nostre case sulla terraferma, contemplavamo le devastazioni degli tsunami, quei muri di acqua impazziti che correvano ovunque, lasciando dietro di loro soltanto distruzione e morte.

L'intatta capacità di stupirsi davanti alle cose più sorprendenti è stato forse il tratto più forte della nostra amicizia. Era come se guardassimo sempre tutto con la meraviglia di un bambino.

Forse non c'è altro segreto nella vita.

Dopo le nostre telefonate, andavo a camminare nei campi con il mio cane. Camminavo a lungo con passo spedito, sperando che l'aria e il movimento facessero svaporare ciò che ardeva al mio interno. Quando incontravo una grande quercia, posavo la fronte sul suo tronco e cominciavo a piangere.

Nel frattempo, continuavo a occuparmi anche delle schiere angeliche. Le chiamavo, a volte con metodo, altre confusamente.

Andavo spesso a trovare una mia amica consacrata ormai vicina ai cent'anni che vive in mezzo ai monti e che ha una certa dimestichezza con il mondo dell'invisibile, con ciò che, a un tempo, ci sfugge e ci fonda.

Mi sedevo accanto a lei nella penombra – solo il bagliore di una candela tra di noi – e parlavamo di te, della tua poesia, della vita e della morte, che altro non è che una porta. Fuori c'erano i boschi, il vento, il gelo, il silenzio che divorava ogni cosa.

E divorandola, la rendeva viva.

Da lì ti chiamavo, seduta in qualche angolo dell'eremo. «Arrivano gli angeli custodi» ti dicevo «sono un vero esercito. Il mio, il tuo e tutti quelli delle persone che ti vogliono bene. Pare si sia mobilitato anche qualcuno di più alto in grado. Raffaele, il guaritore, o Michele, la cui spada è l'unica davvero capace di troncare il Male. Persino qualche cherubino presto lascerà il trono della Gloria per venire a rallegrarti con l'arcobaleno disegnato sulle sue ali.»

Dicevo così, e sentivo che era vero.

In quel periodo i miei giorni erano contornati da piume come se vivessi in una fabbrica di cuscini. Sentivo che era vero, ma sapevo anche che la natura ha le sue leggi, che quando si apre una ferita anche nel più maestoso degli alberi – un fulmine, una bruciatura, la grattata di zanne o di corna di qualche animale – in quella stessa fessura si insinuano le spore dei funghi, i batteri, gli insetti distruttori.

L'opera non è immediata, ma avviene con il tempo, per lo più in penombra. Quando poi l'instancabile lavorìo diventa visibile, è ormai tardi per salvare la pianta.

Tu non eri altro che un grande faggio dalle radici potenti e dalla chioma ramata ma, in quel trionfo di pacata forza, molti anni prima era stato aperto un varco. E da quel varco – in silenzio e per interi decenni – si erano infiltrati i nemici che meticolosamente e inesorabilmente ti avevano condotto al punto in cui ti trovavi.

L'umanissima lotta andava avanti.

Il Maligno faceva le sue mosse e noi, con i nostri mezzi, le contromosse.

Nel frattempo, riuscivi ancora a scrivere qualche verso, il lungo testo in prosa sulla tua ultima corsa. Nelle notti infernali avevi sempre accanto la tua amata Fabiola. Paolo, l'amico dottore dallo sguardo buono, tentava di studiare la mossa definitiva sulla scacchiera, quella che ci avrebbe permesso di gridare in coro: «Scacco matto!».

Le nostre conversazioni telefoniche erano ormai catalizzate unicamente da questa sorta di Armageddon. Analisi, controanalisi, misurazioni meticolose. Quanti centimetri? È sceso? Non è sceso?

Sta scendendo?

Tutti noi aspettavamo il miracolo, speravamo di svegliarci una mattina e dire: «È finita. Se n'è andato!» per poi festeggiare tutti insieme, allegri, levando in alto i calici.

Personalmente, non ho mai spento la debole lanterna della speranza. So che nulla è impossibile a Dio, ma so altrettanto bene che i nostri sogni non sono i Suoi sogni, i nostri desideri non sono i Suoi desideri.

Farli coincidere è un'umanissima speranza che trova però conferma soltanto in casi straordinari. Il destino resta nascosto dietro una spessa tenda, a volte ci concede qualche bagliore, qualche fiammella che ci consente di accostarci a un lampo di comprensione.

Trentaquattro anni prima, la falce della morte ti aveva già sfiorato. Aveva preso il tuo amico con sé e ti aveva lasciato qui.

A te è successo quello che accade agli alberi. Un melo abbandonato a se stesso, in poco tempo ritorna selvatico e non produce più mele.

È la potatura a rendere vivi gli alberi da frutto.

Anche la vita pota, chi più, chi meno. Qualcuno avvizzisce e si secca, qualcun altro trova un nuovo vigore, e questo vigore si trasforma in nutrimento capace di offrirsi all'altro.

È forse solo questo nutrimento che peseranno gli angeli, nel Giorno del Giudizio.

In una pausa tra i cicli di chemio, la primavera scorsa, sono venuta a trovarti con Roberta. Per stare più tempo assieme avevamo preso due camere nel bed and breakfast vicino alla tua casa. C'era anche Fabiola con te, quel giorno e abbiamo passato il pomeriggio scherzando.

Ti avevo fatto scaricare nuove App sul tablet, tra cui una che permetteva di colorare delle immagini sfiorando appena lo schermo con un dito.

Avevi scelto un bel trattore e l'avevi dipinto con tinte vivaci. Quando poi Fabiola è andata a preparare la pizza, lasciandoci soli nella stanza, mi hai raccontato sottovoce della terribile tristezza che ti aveva colto pochi giorni prima, all'alba, sentendo il canto di un gallo che salutava il giorno.

La tua disperazione è diventata ben presto anche la mia. Non avevi paura della morte, sentivi soltanto dentro di te lo strazio di dover abbandonare tutto lo splendore che, grazie al tuo appassionato amore per la vita, eri in grado di vedere in ogni cosa, in ogni istante.

Dover abbandonare la tua casetta rossa – costruita con tanto amore e per così poco tempo abitata –, l'ippocastano dai fiori rosa che avevi sperato di vedere fiorire per molte stagioni.

Doverti separare dalla meravigliosa collezione di aeroplani e da tutti i modelli che avresti potuto ancora costruire nel tempo.

Lasciare il frico, le sigarette, i succulenti pranzetti con Benito e Giulio, l'attesa della neve e la fine della pioggia, i guizzi delle lucertole tra l'erba e il salto delle cavallette.

Non poter vedere crescere tuo nipote Nicolò, non poter star vicino a Chiara, così simile a te nella sua riservata delicatezza.

Non poter più scherzare con tuo fratello e con tutte le persone che ti hanno voluto bene.

E sono davvero tante.

Anche a me, certe albe, pur godendo di buona salute, è capitato di sentirmi assolutamente disperata. Ricordo un merlo che stazionava sempre sotto le mie finestre.

Cominciava a cantare quando era ancora buio e quel canto, così straordinario e melodioso, terminava sempre con una nota sospesa.

Sembrava rivolgesse una domanda al cielo e che quella domanda, nella sua perentorietà, esigesse una risposta.

Che senso ha vivere?

E morire?

La vita passa come un'ombra.

La mattina dopo, l'ambulanza che ti riportava all'ospedale di Tolmezzo e la nostra macchina sono partite alla stessa ora.

Tu sei arrivato rapidamente a destinazione, noi invece ci siamo trovate nel più spaventoso ingorgo della mia vita, un'ininterrotta fila di camion fermi da Udine fino a Mestre. La nostra macchina era a nolo, dovevamo restituirla a Venezia e salire su un treno.

Le ore passavano e i treni se ne andavano senza di noi. Per alleviare l'angoscia ho tirato fuori il tablet e ho iniziato a colorare gli stessi quadretti che avevamo fatto insieme. Un autobus, un cerbiatto, due melograni, cinque o sei pesci che si aggiravano quieti in un intrico di alghe.

Era un modo per sentirti più vicino.

Intanto all'inizio dell'estate il Maligno, bombardato da mesi e mesi di chemio, aveva iniziato a ridursi.

Se fosse sceso sotto una certa dimensione, mi avevi detto, si sarebbe potuta tentare nuovamente la via del bisturi e, dopo il bisturi, una nuova cura che pareva molto promettente. Chiudergli cioè tutte le vie di nutrimento, costringendolo a morire di fame.

Il Maligno era perversamente furbo, ma noi cercavamo di essere più furbi di lui. Volevamo sorprenderlo con una mossa che non si aspettava, assistere con gioia al suo impotente arrendersi all'inedia.

Tutto sembrava procedere nel migliore dei modi.

A fine agosto sei stato operato.

Ci siamo sentiti subito dopo. Parlavi con un filo di voce. Il 12 settembre ci sarebbe stata la Tac, e quella Tac avrebbe stabilito la vittoria o la sconfitta.

Gli angeli, nel corso di quell'estate troppo calda, si erano un po' assopiti. Allora ho preso la tromba e con quanto fiato avevo in corpo ho suonato per svegliarli.

Per settimane tutto è ruotato intorno a quel 12 settembre, giorno in cui finalmente sarebbe uscito il verdetto dall'ospedale di Tolmezzo.

La notte prima non ho dormito, l'alba mi ha trovato già in piedi. Nessun merlo cantava, nel bosco rimbombavano soltanto i fucili dei cacciatori. Camminavo avanti e indietro per casa con il telefono in mano.

Quando finalmente ha squillato, alle nove di mattina, ero davanti la porta della mia camera.

«Meno di un centimetro» mi hai sussurrato con una voce appena udibile. «Abbiamo vinto.»

«Urrah! Iuuu! Urrah!» ho gridato allora con gioia infantile, lanciando le braccia in aria e danzando come se avessi davanti i rotoli della Torah.

«Abbiamo vinto! Sì! Abbiamo vinto!»

23

Ieri sera, prima di andare a dormire, sono rimasta a lungo alla finestra. L'aria non era particolarmente fredda, era una notte di plenilunio, tutto era luminoso. Brillavano le stelle in cielo e brillava la neve sulla terra, come se tra loro ci fosse un silenzioso dialogo.

Ai margini del bosco, un San Bernardo abbaiava davanti al suo maso. Dal buio degli abeti giungevano i piccoli rumori degli animali notturni. Era questo che lo metteva in allarme. Poi i rumori sono scomparsi, il cane si è azzittito. Sospeso nell'aria è rimasto soltanto lo scorrere del torrente che attraversa la valle.

Questa mattina la giornata era limpida come possono esserlo le mattine di gennaio in montagna. Sono uscita di casa prima ancora che il sole sfiorasse le cime degli abeti.

Stava lì in alto, lambendo con un manto rosato le vette che fanno corona alla valle e quelle che, in lontananza, chiudono l'orizzonte.

Mi sono incamminata nel bosco e ho raggiunto una malga dove mi ero già recata altre volte. Da lì, il mondo sottostante si offre allo sguardo come fosse un gioco in miniatura.

Ecco, laggiù, il maso che mi ospita, più in alto, a sinistra, quello del San Bernardo. Vedo la stalla, i vetri delle sue finestre che immagino opachi per i fiati delle mucche.

Vedo le cataste di tronchi tagliati e i trattori che li hanno portati fino a lì.

Vedo il minuscolo emporio del paese – dove un giorno ho persino trovato una stella da sceriffo di latta, rimasta probabilmente lì dai tempi della nostra infanzia – e, subito dopo, la chiesa con il suo tetto aguzzo, il piccolo cimitero con i vialetti spazzati dalla neve.

Salendo per la strada forestale pensavo che, ora che mi hai lasciata sola, non ho più voglia di molte cose.

Prima di tutto, non ho più voglia di fingere, poi di partecipare a quel rumore del mondo che non mi ha mai appassionato né mai mi è appartenuto.

Ormai il mio unico desiderio è l'essenzialità, il poter

passare più tempo in un luogo raccolto come questo. Un luogo alto in cui basti alzare appena lo sguardo per incontrare l'orizzonte, per sentirsi circondati da quel profondo silenzio – che noi due sappiamo non essere mai veramente tale – che abita i giorni.

Forse invecchiare è anche questo.

Eliminare tutto ciò che non serve, raccogliersi, cominciare a respirare in modo diverso, con più calma, con più distacco, come se ci preparassimo a fare un viaggio e cercassimo di conoscere un po' prima il mondo che ci accoglierà.

Ricordi quando, la primavera di due anni fa, ti ho raccontato della piccola rondine caduta dal nido che ero faticosamente riuscita ad allevare a mano, sostituendomi alla madre?

L'avevo chiamata Ursus, ti avevo detto, come i protagonisti dei film mitologici perché fin da subito aveva dimostrato una caparbia volontà di vivere.

La sua storia ti aveva molto appassionato.

Così quando, la primavera di quest'anno, ti ho annunciato che era tornata e che una mattina, all'improvviso, aprendo la finestra me l'ero ritrovata in camera da letto, ti eri commosso.

«Ursus!» ho esclamato, vedendola, e lei ha risposto con l'allegro cinguettìo della sua specie.

Ha girato quattro o cinque volte in circolo, come

fanno le rondini, poi ha trovato un cavo della luce su cui appoggiarsi e lì si è fermata.

Ha continuato così per tre o quattro giorni. Compariva a sorpresa in cucina, in salotto, nella stanza da pranzo. Si posava in un luogo alto e iniziava a garrire come se volesse rendermi partecipe di tutte le cose che aveva fatto in quei lunghi mesi di lontananza.

In fondo, ho pensato oggi salendo tra i tornanti, la vita dell'anima non è molto diversa da quella di una rondine. Una creatura che, per un irresistibile richiamo interiore, a un tratto lascia il mondo conosciuto per lanciarsi in un viaggio di cui ignora la meta.

Non è successo così forse anche a Ursus?

A settembre è stata colta da un'improvvisa agitazione, si è unita alle altre rondini sui fili della luce e da lì ha spiccato il volo, sfidando l'ignoto.

Dal mondo ristretto del nido e quello caldo della mia mano ha raggiunto la costa, superando l'infinito spazio del mare e la chiara distesa del deserto.

Non aveva idea di dove stesse andando, seguiva soltanto una voce dentro di lei che le diceva: «Varca quella soglia, vieni!».

Forse il garrito che ha invaso la mia casa, la primavera seguente, non era altro che il resoconto di quel suo incredibile viaggio.

Tu non lo puoi sapere, perché non hai le ali, voleva dirmi, ma, oltre questo mondo, ne esiste un altro da cui tutte noi veniamo.

Non è così anche per le nostre anime?

A un tratto esistiamo ma, prima di aprirci al tempo, dove eravamo?

E quando il nostro corpo giace ormai inerme, qual è il viaggio che dobbiamo ancora compiere?

E che cos'è la poesia, se non il riconoscere la nostalgia dell'eterno che abita da sempre nei nostri cuori?

Mentre pensavo questo, dalle cime degli abeti i raggi del sole hanno sfiorato i rami più bassi.

Ciò che era ombra è diventata luce.

Alzando lo sguardo vedevo gli aghi brillare, ancora prigionieri del gelo della notte.

Per molti anni ho fatto questa stessa strada con il mio cane. Si chiamava Tea, era un cane da pastore ed era sorda dalla nascita, così il nostro dialogo dipendeva tutto dalle mie mani, da ciò che dicevano o non dicevano i miei occhi. Camminava sempre davanti a me con il passo leggero di una volpe.

Quando sulla strada si apriva un bivio, si fermava in attesa di un mio segno. Rimaneva lì in piedi, la lingua penzoloni in attesa di un cenno. Dritti? A destra? A sinistra?

Da quando non c'è più, mi manca come potrebbe mancare una persona. È morta a sedici anni, tra le mie braccia. Ha atteso il ritorno da un mio viaggio, mi ha fatto le feste e subito dopo ha avuto un ictus.

Per tutti i giorni dell'agonia non l'ho lasciata un solo istante. Ogni tanto sollevava debolmente le palpebre, appena vedeva che ero lì accanto, batteva la coda in segno di riconoscenza.

Quando ho sentito il suo corpo diventare inerte, quando ho visto i suoi occhi improvvisamente vitrei, ho capito che una parte importante della mia vita se n'era andata.

Forse per questo, nel tempo, Tea si è presentata più volte nei miei sogni. Appare davanti a me all'improvviso, in silenzio, tutta l'energia del suo corpo è raccolta nell'attesa ardente dello sguardo.

Arrivi?

Da che parte dobbiamo andare?

È con lo stesso sguardo di ardente impazienza, caro, che mi aspetterai anche tu quando sarò davanti al grande bivio?

Lo spero, lo so.

È l'ascolto della parola che per tanto tempo ci ha uniti, il suo riverbero nel cuore, a dirmi che non sbaglio.

Al grido di vittoria del 12 settembre, è seguito un lungo silenzio. Non rispondevi più al telefono. Avevo in programma di andare in Sardegna, già pagato il traghetto, preparati i bagagli.

Ma il sesto senso mi ha spinto a rinunciare.

Dieci giorni senza risposta erano davvero troppi.

Con Roberta, ci siamo allora messe in macchina e siamo venute su da te, in Friuli.

Arrivando davanti a casa tua, c'erano già diverse auto parcheggiate, il cancello era accostato. Ho imboccato con passo svelto il vialetto, con un groppo in gola.

Alina mi ha subito fatto entrare nella tua stanza.

Paolo era seduto sul lettino accanto al muro, nei suoi occhi di medico amico la luce disperata della disfatta. C'era anche sua moglie con lui. Accanto a loro, in una posa serena, le ali discretamente raccolte intorno al corpo, l'Angelo della Morte.

«Che cosa combini?» ti ho chiesto, mentre il groppo esplodeva in un singhiozzo di violenza infantile.

Ci hanno lasciati soli.

Mi sono seduta di fronte a te. Tu hai preso una sigaretta dal pacchetto e io ti ho fatto compagnia. Abbiamo fumato in silenzio, senza mai smettere di guardarci negli occhi.

Alla fine ti ho detto: «Il nostro libro lo faremo lo stesso». Tu hai sollevato le sopracciglia con un moto di incredulità.

Il libro è questo.

Due giorni dopo la situazione è precipitata.

Sfiorandoti la testa con una carezza, ti ho sentito sobbalzare come se avessi ricevuto una scossa elettrica. Le metastasi erano ovunque, dovevi avere dei dolori terribili.

È arrivata Alina con un gelato e ha cercato di fartelo mangiare. «Vuoi invece la pizza?» ti ha chiesto allora, ma tu non eri più in grado di rispondere.

Lentamente, ti sei assopito.

Nel tempo del tuo sonno sono andata a fare un giro per Tricesimo. Era una giornata calda. Ho preso un gelato dello stesso gusto di quello che avevi appena assaggiato, limone e fragola, poi ho ingannato il tempo entrando in un negozio di strumenti musicali e parlando con il proprietario del suono dei pianoforti giapponesi.

Mi muovevo come nella luce di un sogno.

Quando poi sono tornata nella piccola casa rossa, eri nuovamente sveglio, se così si può chiamare lo stato di agonia. Dalla porta sul giardino si vedevano i cespugli di pyracantha che avevi piantato sperando di vederli crescere. Erano carichi di bacche rosse. Mi sono seduta sulla sedia accanto al letto e ti ho preso la mano.

«Lo sai perché sono così pieni di frutti?» ti ho detto, indicandoteli. «Perché quest'estate hanno avuto paura di morire. Troppo caldo, troppa siccità. Quelle bacche vogliono ricordarci questo. Che la vita comunque va avanti. Noi che abbiamo avuto il dono della scrittura non siamo molto diversi da questi piccoli arbusti. Quando non ci saremo più, le nostre parole saranno ancora qui, come scintille andranno in giro a incendiare la Terra.»

Sono rimasta a lungo in silenzio.

Ho pensato alla casetta per gli uccellini che avevo preso per appenderla sul ramo di ippocastano che vedevi dal tuo letto, alla pianta di melograno che ti avevo promesso e che era rimasta al vivaio, alle ghiande, alle noci che avevo interrato e da cui erano spuntate le piantine, al gioioso orgoglio con cui te le avrei offerte, l'anno seguente dicendo: «Ecco l'ombra per la tua casa».

L'Ombra più grande aveva cancellato la loro necessità.

Gli uccelli tacevano.

I tuoi occhi erano sempre più simili a quelli di un neonato, sospesi tra due dimensioni. Ho preso allora la tua mano tra le mie e ti ho detto: «La poesia illumina il mondo». Poi mi sono alzata, posando sulla tua cara, amatissima fronte il lungo bacio di una madre.

«Ciao, ragazzo del Malignani» ho sussurrato e, senza voltarmi indietro, sono uscita dalla stanza.

Lasciata la quiete della tua casa, sono ripiombata nel traffico confuso dei centri commerciali. Intorno a me un rilucere di lamiere, paraurti, specchietti che riverberavano sulle scintillanti facciate dei templi del consumo.

Tutto brilla, ho pensato, ma niente splende per davvero.

La luce senza Luce, che luce è?

Stordisce, abbaglia, non è molto diversa da quella che inganna le allodole, attirandole verso il fuoco dei fucili. Una civiltà di allodole senza più la grazia del canto.

Ero stravolta. Avevo bisogno di rinfrescarmi, così mi sono fermata in uno dei cubi luccicanti.

Bevendo un bicchiere d'acqua, mi sono tornate in mente le tue parole.

Costruire una capanna
di sassi rami foglie
un cuore di parole
qui, lontani dal mondo,
al centro delle cose,
nel punto più profondo.

Era la capanna in cui avevamo vissuto gli anni della nostra amicizia. Ora che te ne eri andato, mi avevi lasciata sola seduta sotto le frasche del tetto.

Il bello delle capanne è che non hanno porte, non c'è veramente un dentro e un fuori, un di qua e un di là. La capanna non conosce la rigidità del limite.

Mentre una folla indifferente mi scorreva intorno ho pensato che quella capanna ci aspettava fin dal giorno in cui siamo venuti al mondo.

Abbiamo sognato di fare cose diverse, sicuri di avere tante strade aperte davanti a noi. In realtà forse fin dall'inizio il nostro percorso era segnato come quello del labirinto di Cnosso. Soltanto che il nostro filo si srotolava in direzione opposta. Invece di guidarci fuori, si avvolgeva intorno a noi, risucchiandoci al suo interno, verso il Minotauro.

Ma il nostro Minotauro era un muro.

- Il muro delle parole.

Davanti a quel muro, abbiamo dovuto spogliarci di tutto, davanti a quel muro siamo sprofondati nella più oscura delle oscurità.

E da quell'oscurità abbiamo preso forma.

Ricordi quando abbiamo parlato delle lucciole? Pasolini si era sbagliato, per fortuna ce ne sono ancora tante, ti avevo detto.

Ecco, forse noi nella nostra capanna non abbiamo fatto altro che richiamare le lucciole.

Si posavano senza timore nelle nostre mani, contemplavamo la loro bellezza e poi le lasciavamo andare per fare in modo che anche gli altri potessero godere del loro minuscolo e fragile splendore. È la notte a offrirci la loro meraviglia. Di giorno non sarebbero altro che insetti come tanti.

Non è così per ogni forma di vita?

Tutto vive grazie alla luce, ma nasce dall'oscurità. Per rompere il tegumento del seme e far spuntare il germoglio, la pianta ha bisogno di sprofondare nel buio della terra. La stessa cosa succede ai pulcini. Il loro corpo si forma nella penombra dell'uovo, così come il nostro nell'oscurità del ventre materno. Del resto nascere e venire alla luce non sono forse sinonimi?

C'è sempre un velo sulla vita che nasce, perché velata è la nostra origine, così come rimane oscuro il passaggio della nostra fine.

E se la morte fosse un nuovo tipo di nascita?

Chiudere una porta, per aprirne un'altra su un mondo sconosciuto? Tu che ora hai varcato quella soglia, forse già sai quello che io posso solo intuire.

A un tratto ho visto l'Angelo della Morte. Si stava chinando su di te e, con delicatezza, ti prendeva in braccio.

C'è un angelo anche per chi resta? mi sono chiesta.

Un Angelo della Consolazione?

Uscendo dal bar, ho alzato lo sguardo c'era Shalgiel,

l'Angelo della Neve. Stava lì sospeso, come se attendesse un mio ordine.

«Spalanca le porte del tuo regno» gli ho detto allora.

Che la neve scenda abbondante e copra ogni cosa, i palazzi e le macchine, i vetri e gli specchietti per le allodole, la tristezza e la solitudine dei cuori. Che il suo manto cresca, che il suo manto lavi, che, con il suo candore, restituisca a ogni cosa la sua innocenza.

In quella neve pianterò i miei alberi.

In quella neve, con rami di abete, ricostruirò la nostra capanna. Traccerò il sentiero per raggiungerla, ascolterò lo scricchiolìo delle mie scarpe sul suolo compatto e in silenzio aspetterò che mi giunga lo scricchiolìo delle tue.

Nota sul testo

Le citazioni di Pierluigi Cappello contenute in questo libro sono le seguenti:

pp. 7, 155: *Stato di quiete*, in *Stato di quiete - Poesie 2010-2016*, Bur, Milano 2016

p. 27: *La neve che sei stato*, in *Azzurro elementare - Poesie 1992-2010*, Bur, Milano 2013

p. 30: *Ombre*, in *Azzurro elementare*, op. cit.

pp. 112, 113, 114: *Questa libertà*, Rizzoli, Milano 2013

p. 202: *Equinozio*, in *Stato di quiete*, op.cit.

Finito di stampare nel mese di settembre 2018
per conto di RCS MediaGroup S.p.A.
da Grafica Veneta S.p.A., Via Malcanton 2, Trebaseleghe (PD)
Printed in Italy